서 있는 여성의 누드/황홀

대산세계문학총서
188

서 있는 여성의 누드/황홀

Standing Female Nude/
Rapture

캐럴 앤 더피 심지아 옮김   문학과지성사

대산세계문학총서 188

서 있는 여성의 누드/황홀

지은이   캐럴 앤 더피
옮긴이   심지아
펴낸이   이광호
주간   이근혜
편집   김은주
마케팅   이가은 최지애 허황 남미리 맹정현
제작   강병석
펴낸곳   ㈜**문학과지성사**
등록번호   제1993-000098호
주소   04034 서울 마포구 잔다리로7길 18(서교동 377-20)
전화   02) 338-7224
팩스   02) 323-4180(편집) 02) 338-7221(영업)
대표메일   moonji@moonji.com
저작권 문의   copyright@moonji.com
홈페이지   www.moonji.com

제1판 제1쇄 2024년 4월 9일

ISBN 978-89-320-4259-6 04840
ISBN 978-89-320-1246-9(세트)

이 책은 대산문화재단의 외국문학 번역지원사업을 통해 발간되었습니다.
대산문화재단은 大山 愼鏞虎 선생의 뜻에 따라 교보생명의 출연으로 창립되어
우리 문학의 창달과 세계화를 위해 다양한 공익문화사업을 펼치고 있습니다.

차례

서 있는 여성의 누드(1985)

황홀(2005)

일러두기

1. 이 책은 Carol Ann Duffy의 *Rapture*(London: Picador, 2006)와 *Standing Female Nude*(London: Anvil Press Poetry, 1998)를 바탕으로 *Standing Female Nude*(London: Picador, 2016)를 참조하여 우리말로 옮긴 것이다.

2. 본문의 주는 모두 옮긴이의 것이다.

3. 강조하기 위해 원서에서 이탤릭체로 표기한 것은 중고딕으로, 대문자로 표기한 것은 진하게 표시했다.

서 있는 여성의 누드

(1985)

말하고 있는 여자아이

우리의 이드 날* 내 사촌은 마을로 심부름 갔어요.
무슨 일이 벌어졌어요. 우리는 그것이 통증이었다고 생각해요.
내 사촌이 방앗간 주인에게 밀을 주었고요 방앗간 주인이
그 애에게 밀가루를 주었어요. 그 후에는 아프지 않았어요,
그래서 한동안 그 애는 차파티**를 만들었어요. 타슬린,
친구들이 불렀어요, 타슬린, 우리랑 나가 놀자 제발.

그들은 그네 옆에서 수줍어했어요. 그것은 밭 같아요.
때때로 우리는 멜론이랑, 시금치랑, 길쭉한 호박을 심었어요,
그리고 우물이 있었어요. 그 애는 그네에 앉았어요.
그들이 그네를 밀었어요 그네를 멈춰, 그 애가 소리 지를 때까지,
그러더니 그 애가 아팠어요. 타슬린이 도와줄 사람을 찾아오라고
애들에게 말했어요. 망고나무 아래서 그 애가 피를 흘렸어요.

그 애의 엄마가 그 애를 꽉 붙잡고 있었어요. 그 애는 생각했어요

---

* Eid: 이슬람의 대축제. 이슬람력으로 이드 알 아드하Eid al-Adha(희생제 축제), 또
는 이드 알 피드르Eid al-Fitr(라마단 종료 축제)를 가리킨다.

** chapati: 발효시키지 않은 밀가루 반죽을 얇게 밀어 구운 빵.

무언가가 배 속을 불태우고 있다고요. 우리는 손을 칠해요.

우리는 방문해요. 우리는 서로 돈을 가져가요.*

밖에서, 아이들이 공깃돌 놀이를 하고 있었어요.

날마다 그 애는 우물물을 길어

모스크로 날랐어요. 남자들은 깨끗이 씻고 신께 기도드렸어요.

한 시간 후에 그 애는 죽었어요. 그 애의 엄마가 울었어요.

그들이 성자를 불렀어요. 그는 디나에서 장 착**으로

걸어왔어요. 그가 죽은 그 애를 봤어요, 그러고는 말했어요.

그 애는 정오에 밖에 나갔고 유령이 그 애의 심장을 가져갔다.

그날부터 우리는 그러지 말라고 강력하게 주의 받았어요.

바아Baarh는 작고 붉은 열매예요. 우리는 우리의 심장을 지켜요.

---

* 이드 날, 아이들은 가족과 함께 일가친지를 방문하고, 어른들에게서 '이디Eidi'라
고 불리는 돈을 선물 받는다. 자신이 받은 이디를 원하는 대로 쓸 수 있다.

** Jhang Chak: 파키스탄 펀자브의 한 지역.

종합 중등학교*

투투만투는 사방치기와 비슷하고, 콰니콰니는 숨바꼭질과 같다.
언니가 아프리카로 돌아왔을 때 언니는 영어만 할 수 있었다.
침대에서 싸움이 나곤 했는데, 내가 하는 말을 언니가
알아듣지 못해서다. 나는 영국보다 아프리카가 더 좋다.
우리 집이 생기면 넌 영국을 좋아하게 될 거야, 엄마는 말하지만.
우리는 우리가 아프리카에서 했던 일들에 대해 아주 많이
얘기하며 행복해한다.

웨인. 열네 살. 게임은 애들이나 하는 거. 나는 국민 전선당**을
지지한다. 파키***후려치기, 계집애들 속바지 내리기.
아빠는 미니 콜택시를 운전한다. 우리는 비디오를
본다. 네 무덤에 침을 뱉으마.**** 아주 멋지다.

---

* comprehensive: 영국의 종합 중등학교를 말한다. 11세 이상의 학생들을 학업 수준에 따라 선발하지 않고, 적성에 상관없이 원하는 학생들이 다닐 수 있는 일반적인 공립중등학교이다.

** National Front: 국민 전선당을 말한다. 인종 문제와 관련하여 차별적인 견해를 지닌 영국의 극우당이다.

*** paki: 금기어, 영국에 사는 파키스탄인을 경멸적으로 가리키는 말로 차별과 혐오 표현이다.

**** "I Spit on Your Grave"(1978): 강간과 복수를 소재로 한 공포영화.

나는 일자리를 얻을 수 있을 거라 생각지 않는다. 이게 다
일하러 여기까지 몰려오는 그들 때문이다. 아스널.*

여섯 시에는 회교 사원. 여덟 시에는 학교. 쌀을 파는
친절한 가게가 있었다. 그들은 집에서 쌀을 빻아
저녁에 먹을 난**을 만든다. 가정집들은 메카를 마주보고 있고
여기 런던보다 놀 수 있는 공간이 훨씬 더 많았다.
우리는 오래된 마을에서 놀았다. 마을은 이제 텅 비어버렸고
우리는 비행기로 히스로로 왔다. 여기서는 모든 것이 쉽다고
사람들이 우리에게 편지를 썼다.

재미없다. 약혼하고. 아마도 세이프웨이 슈퍼에서 일하게 되겠지
최악의 운이다. 나는 존중받기를 바라기 때문에 아직 그것***을
잃지 않았다. 말런 프레더릭은 착하기는 한데 좀 침울하다.
나는 매드니스****를 좋아한다. 리드 싱어가 죽이게 좋다.
엄마는 신경과민. 내가 아무것도 하지 않게
가만두질 않을 거다. 미셸. 정말이지 지루하다.

---

* Arsenal: 무기를 만드는 병기창을 뜻하는 이 단어는 영국의 프로 축구 클럽 이름
이기도 하다. 이 시에서는 병기창 노동자들을 가리킬 수도 있고, 2연의 화자인 웨인
이 아스널의 팬임을 드러내는 것일 수도 있다.

** nan: 남아시아 지역에서 먹는 납작하고 부드러운 빵.

*** 순결을 의미한다.

**** Madness: 1976년 결성된 영국 캠던 출신의 밴드.

이자즈. 그들이 내 접시에 소시지 몇 개를 얹었다.
소시지 하나를 입에 넣으려는데
무슬림 남자애가 내게 달려들어 잡아 빼버렸다. 접시가
바닥에 떨어져 깨졌고. 그는 우르두어로 내게 무슬림이냐고
물었다. 그렇다고 대답했다. 그럼 이거 절대 먹으면 안 돼.
돼지고기라고. 그렇게 우린 친구가 되었다.

누나는 누군가와 데이트 나갔다. 살인이 있었다.
나는 친구가 되고는 싶은데, 그들은 우리와 다르다.
그들 중 몇몇은 교실에서 터번을 쓴다. 어떻게 놀려먹지
않을 수 있겠나. 나는 입대할 것이다.
정말이지 선택의 여지가 없다. 결혼하면
이민 갈지도 모른다. 요리를 좀 하는
다리 긴 여자와. 호주가 괜찮을 것 같다.

우리 가족 몇몇은 무굴 제국 황제의 이름을 따서 지었다.
아우랑제브, 우항게아, 바투, 후마윤. 나는 13년 전에
젤룸*에서 태어났다. 이곳은 엄격한 학교다.
한 남자가 우유 상자를 들고 들어왔고. 선생님이 우리에게
우유를 마시라고 말했지만. 무슨 말인지 알아듣지도 못해서
아예 우유를 받으러 갈 수도 없었다. 나는 희망이 있고 포부가
있다.

---

* Jhelum: 파키스탄 펀자브 주의 도시.

처음엔 꿈을 꾸고 있는 것 같았는데, 아니었다.

내가 본 모든 것이 사실이었다.

오든*을 위한 알파벳

그 단어들이 사라지자
아무 할 말도 남지 않았다.

형태가 없는 생각은 있을 수 없다,
느끼는 것이 보는 것이다,
그것을 적어서 해방하라
인쇄된 페이지에, ⓒ Me.
나는 사랑한다, 너는 사랑한다, 그 역시도 그렇다—
영시 만세 만만세.
오후 4시는 차를 마실 시간,
내가 엄마가 될게요, 그럼 누가 내가 될래요?

소곤거림, 네 숨결 아래,
귀 먼 사람에게 주문 외기.

또 시작이군. 신난다.
예술은 역사를 바꿀 수 없다.

---

* 위스턴 휴 오든(W. H. Auden, 1907~1973): 영국의 시인.

언어를 칭찬하라, 아주 소중히 여겨라
네 노동으로 공들여 얻은 한 구절 한 구절을.

호텔에 앉아 너는 한숨 쉰다,
다른 사람들이 눈물짓게 되는 시구들을 정성 들여 만들며,

왜 그것이 득이 되지 않는지를 어리둥절해한다
온종일 2행 대구들을 지으려 씨름하며.
쟁반에는 보드카가.
네 코 위 머리카락은 허옇게 셌고.

언어가 다 끝나 사라질 때 그것은 지옥이다
아무 할 말도 남지 않은.

마구 내리쳐라, 주먹으로 쳐라, 애무하라, 주물러서
언어를 소생시켜라. 언어를 읽어라

네가 스스로를 의심할 때
네가 언어의 기능을 의심할 때, 다시 읽어라.

시는 **그것 보라고, 그렇다니까**라고 말할 수 있다
그러나 현재 상황을 단 1인치도

흔들지 못한다. 이제 너는 외로워진다,
아기는 사랑을, 사랑만을 원한다.

거울 속에서 너는 너를 본다.
널 사랑해 항상, 자기야. 진짜야.

언어가 정처 없이 헤맬 때
시인들은 술집을 애용한다,

점점 더 적게 이해한다, 더 적게.
진실은 누구도 확실히는 모르는 것

그리고 시간은 시계다, 3시 5분 전
또 다른 G와 T*를 섞어라.

만들어줘요, 조, 두 잔.
월리스 스티븐스**는 우울에 잠겨 생각했다.

술 취한 바다에서 말[語]들이 익사한다,
말문이 막힌 채, 기억을 움켜쥐고.

---

* Gin & Tonic: 진과 토닉을 뜻한다.

** Wallace Stevens(1879~1955): 미국 시인.

술 취한 너는 이중의 시야를 갖는다,
너를 애먹이는 또 다른 것.

영감은 방해물을 싹 다 치우며 글 쓸 대비를 한다—
다른 모든 것이 실패한다면, 섹스에 관해 써라.

하나 걸러 하나는 거짓말,
하늘에 무지개가 없다.

어떤 사람들은 운이 좋고, 침대에서 죽는다,
재떨이에 뭉뚝하게 비벼 끈 단어 하나. **죽음**.

영어과 주임

오늘 우리 교실에 시인을 모셨어요.
책을 출간한 살아 있는 진짜 시인이에요.
잉크 묻은 손가락을 주목하세요 여러분. 어쩌면
우리는 갓 찍어내는 시를 직접 보게 될지도 몰라요.
혹시 알아요. 박수로 감사를 표해주세요.
너무 크게는 말고. 자 이제

똑바로 앉아 들으세요. 기억하세요
음의 유사에 대해 배웠었죠, 왜냐하면 요즘은 모든 시가,
슬프게도, 운을 맞춰 쓰는 건 아니에요. 그래도. 뭐 개의치 마세요.
속닥거리기는, 늘 그렇듯, 금지에요—
하지만 부담 갖지 말고 질문을 좀 하세요.
어쨌든, 우리가 40파운드를 지불하는 거니까요.

영어를 제2언어로 쓰는 학생들은 쉬는 시간 후에
나를 보러 오세요. 우리 가운데 이분을 모셨다니
우리는 운이 좋아요.
안개의 계절* 어쩌고저쩌고.
나는 꽤 많은 양의 시를 직접 써왔어요,

중등학교 2학년생들과 키플링**을 공부하고 있지요.

자아. 이제 충분히 말했고. 계속해서 시의 여신과 함께.
뒤쪽 창문을 여세요. 우리는 이 장소에
변화의 바람을 원하지 않아요.
필기하세요, 하지만 너무 많이 쓰지는 말고. 그저 과제물 하나
시인의 주제에 대해서. 좋아요. 자 시작.
우리가 모르는 뭔가가 있다는 것을 우리에게 납득시키세요.

그래요. 그렇군요. 자 이제 학생들 저리로 가세요.
관찰자 시점에 대한 이해를 얻었다고 확신해요.
박수면 될 거예요.
오늘 와주셔서 정말 감사해요. 점심은
학교 식당에서? 좀 둘러보세요. 유감스럽게도 저는
급히 가야 해서요. 트레이시가 가시는 길을 안내해드릴 거예요.

---

* 원어 "Season of mists"는 존 키츠(John Keats, 1795~1821)의 시 「가을에 부쳐To Autumn」의 첫 연, 첫 시구이다. 바로 앞 행의 시어 "가운데midst"와 "안개mists"로 운율을 맞추려 하지만 실패하는 영어과 주임의 시도를 보여준다.

** 영국의 소설가이자 시인인 Joseph Rudyard Kipling(1865~1936)을 의미한다.

리찌, 여섯 살

뭐 하고 있니?
달을 보고 있어요.
내가 올라가서
달을 따줄게.

어디 가는 거니?
들판에서 놀려고요.
저 의자 위로 허리를 숙여봐,
내가 들판을 줄 테니.

무슨 생각 하니?
사랑에 대해 생각하고 있어요.
내가 이 층계를 올라가서
너를 사랑해줄게.

어디에 숨었어?
깊은 숲속에요.
네 엉덩이가 벗겨질 때
내가 숲을 주지.

왜 우는데?

어둠이 무서워요.

내가 너에게 어둠을 줄 거야

그게 뭐 대수라고.

재의 수요일 1984

성 오스틴 성당과 사크레쾨르 성당에서 무지한 언어가 울려 퍼진다.
가톨릭교도의 아이 볼기 때리기는 종려나무 가지를 태운
재를 묻힌 편협한 사람의 엄지손가락 자국을 남긴다.
죽은 언어가 솟아오르고 해를 끼친다.

나는 기억한다. 사순절 동안 아주 크고 둥근 사탕 포기하기,
매주 먼지투성이 고해실에서 사소한 죄 지어내기.
한번은, 연한 하늘색 드레스를 입고,
우리는 주교의 발이 밟을 꽃잎에 키스했었다.

스태퍼드*의 가책을 느끼는 죄인들이 묵주에 침을 흘리며 졸았다,
자주색으로 덮인 석고 성상들 아래서. 우리는 스코틀랜드 사람,
일자리를 찾아 스태퍼드로 이주했고, 일요일마다
나는 가죽 채찍을 맞아가며 교회 가는 길로 올라갔다.

성찬식에 참석해라 그리고 건방진 소리 하지 말고.
신에 대한 두려움을 네 뼛속에 심어주마.

---

* Stafford: 잉글랜드 중서부 스태퍼드셔Staffordshire의 주도.

성체를 삼켜라, 겸손하고 순종해라.
성 스테파노는 돌에 맞아 순교하셨다.

역겹다. 내 영혼은
작은 검은 얼룩으로 더럽혀진 속옷이 아니다.
기적과 토끼풀 그리고 성변화*는 전부 헛소리.
하느님 맙소사, 제발 아이들을 미사에 보내지 마시길.

---

* 성변화聖變化는 성찬식 때 먹는 빵과 포도주가 순간적으로 그리스도의 몸과 피로
변한다고 하는 학설로, 1551년에 트리엔트 공의회에서 교의로 선포된 이후 로마 가
톨릭교회가 인정하는 학설이다.

여가 교육

오늘 나는 무언가를 죽일 것이다. 아무거나.
나는 충분히 무시당해 왔고 오늘은
내가 신의 역할을 할 것이다. 거리에 지루함이 감도는,
우중충한 평범한 날이다.

나는 엄지손가락을 창문에 대고 파리를 짓이긴다.
학교에서도 그렇게 했었지. 셰익스피어. 그것은
다른 언어였고 이제 파리는 다른 언어로 있다.
나는 유리창에 내 이름을 쓰려고 재능을 내쉰다.

나는 천재다. 기회가 절반이라도 있다면, 나는 무엇이든
될 수 있겠지. 그러나 오늘 나는 세계를 바꿀 것이다.
무언가의 세계를. 고양이가 나를 피한다. 고양이는
내가 천재라는 것을 알고는 몸을 숨긴다.

나는 금붕어를 변기에 쏟아붓는다. 사슬을 당긴다.
보시기에 좋았더라.* 사랑앵무가 겁에 질려 어쩔 줄 모른다.

---

* 원문은 "I see that it is good." 「창세기」 1장 10절 "God saw that it was good"의 변용.

2주에 한 번, 나는 실업 수당 받으러 2마일을 걸어
번화가로 간다. 그들은 내 서명을 고맙게 여기지 않는다.

죽일 것이 아무것도 남지 않았다. 나는 라디오에 전화 걸어
남자에게 그가 지금 슈퍼스타와 얘기하고 있다고 말한다.
그는 내 전화를 끊어버린다. 나는 빵칼을 가지고 밖으로 나간다.
도로들이 별안간 번쩍거린다. 나는 당신의 팔을 만진다.

나는 나를 기억한다

얼굴이 충분하지 않다. 네 얼굴이 놀라서 입을 벌리고 다른
누군가의 얼굴에서 멍하니 너를 돌아본다. 그러나 더 창백하다,
그러고는 네가 다음의 얼굴을 보는 그 순간 너 자신을 잊어버린다.

우리를 다르게 만드는 것은 틀림없이 꿈일 것이다,
흔한 두개골 속 사적인 세포들일 것이다.
사람은 다른 사람의 겉모습을 하고 있고 다른 기억을 갖고 있다.

절망이 닫히는 문을 향해 플랫폼 위를 달리는
지하철 열차 밖 자신을 바라본다. 네가 만나는
모든 사람이 말없이 숨김없는 진실을 말하고 있다.

때때로 군중은 허구를 사실에 끼워 넣어 네가 이름을 기억하는
사람을 내어놓는다. 주로 네 연인이 빗속을 지나간다
그리고 네가 말을 걸어도 널 알아보지 못한다.

이 모습

장 주네의 시에서 비롯되었다

이 모습은 장미다, 그것을 보호하라, 그것은 순수하다.
그것을 보존하라. 이미 저녁은 내 앞에서
너를 펼친다. 벌거벗고, 천으로 휘감겨,
벽에 기대어 서 있는. 이 모습.

내 입술은 섬세한 가장자리에 닿아 떨며
감히 떨어지는 방울을 모은다.
너의 젖이 내 목을 비둘기의 목처럼 부풀게 한다.
오 머물러라. 진주 꽃잎의 장미여, 머물러라.

가시 많은 바다 열매들이 내 피부를 찢는다. 늦은 밤
너의 이미지. 연기의 손끝이 표면을 깨뜨린다.
내 혀가 장미의 가장자리를 찌르고, 마신다.
내 심장은 불안정하다. 황금빛 머리카락, 유령의 목덜미.

불가능한 삶에 내려진 이 닻을 파괴하라, 우울의 바다에

구토하며. 너의 몸에 매여
나는 선량함 없는 광대한 세계를 헤치며 나아간다
네가 오직 잠든 동안 내게로 오는 곳.

나는 살짝 위에 있는 너와 함께 대양 위를 뒹군다,
회전축을 조종하며, 너의 폭풍 속으로 굽이쳐 나아간다.
멀리 그리고 노하여. 하늘이 내 한 땀 한 땀의 언어로
수평선을 꿰매기를 바라며.

내가 굽이치는 바다가 담긴 이 피부로 어떻게 잠들 수 있겠어요?
사랑에 대한 아름다운 이야기. 마을 아이는
해변을 거니는 보초를 흠모한다.
내 황갈색 손이 철의 소년을 끌어당긴다.

잠든 사람, 너의 몸. 이 모습은, 진귀하다.
크림색 아몬드, 별, 오 웅크려 잠든 아이.
저녁의 우울한 출발에는 아리게 들끓는 피.
풀밭에 소리 울리는 맨발.

무언가를 말하며

사물들이 너의 형태를 취하고 있구나, 버려진 옷가지들,
욕실의 축축한 가운, 텅 빈 두 손. 이것은 허구가 아니야. 이것은
소박하고 생생한 사랑의 물질이다. 내 심장은 그것을 취한다.

우리는 깨어난다. 우리의 은밀한 언어가 하루를 시작한다. 우리는
온 집 안을 친숙한 동작으로 움직인다. 우리가 표현할 말 모르는
꿈들이 우리들 손가락 사이로 미끄러져 연기가 된다.

너와 함께 있지 않은 꿈을 꾸었다. 어느 도시를 헤매었다
네가 살지 않는 곳, 나는 낯선 사람들을 바라보았다,
그들을 너로 만들 한 마디 말을 구하며. 나는 네 옆에서 깨어났다.

나의 사랑, 나는 말한다. 대낮과 같은 일상의 말들은 더 어두운
표면에 긁힌 자국을 낼 뿐. 너의 부재는 나를 사랑의 유령에게
맡긴다, 반쯤 따듯한 커피 잔들이나 얇은 이불들, 가장 부드러
운 키스에.

집으로 걸어가며, 나는 네가 불을 켜는 것을 본다. 나는 들어간다
밖에서부터 네 이름을 부르며, 무언가를 말하며.

지옥처럼 지독히 질투하는

눈먼 검은 상어 내 안에서 헤엄친다,
소유하기 위해 움직인다. 느리고 어리석은 형체가
바닷속에서 이를 드러낸다, 의혹을 검게 빨아 먹는다.
헤엄친다 이를 드러낸다 빤다, 그것은 내 심장을 굳게 한다.

물속에서 근심에 잠긴 큰 물고기.
하늘에 떠 있는 눈부신 새.

벌벌 떨리는 꼬리가 상처 입은 채 찌른다, 그것은
가상의 고통으로 추하다. 논쟁의
뼈들은 내장에서 썩는다. 입 벌린다
닫는다 벌린다 닫는다 벌린다. 다가오는 증오상어.

큰 물고기 도살하려 분노로 이글거린다.
영리한 날개 작은 새를 높이 날게 하고.

사악한 숨결이 척추의 기저부에 도사린다,
맹목적으로 들끓어 심장에서 마음까지 눈먼다.
분별없는, 악마이빨, 탐욕의 자루.

그것은 살해할 것이다. 헤엄친다 이를 드러낸다 빤다.

새는 대양의 표면을 스치듯 날아간다.
물고기는 바닷속을 마구 휘돈다.

콸콸 소리 내며 흐르는 어둠 속에서 기다린다.
악한 상어. 파란 복부 지방은
새를 원하고 있다. 욕정으로 병들어
제 거대한 꼬리를 휙 친다, 휙 친다.

자유 새는 스스로의 의지로 활공한다.
상어는 해방되기 위해 아무것도 필요하지 않다.

그것은 너를 네 모든 움직임을 지켜본다.

3운구법* SW19**

이 공유지 위로 황조롱이 한 마리 공중에 발 디딘다
대지가 **생쥐** 또는 **들쥐**라고 말할 때까지. 저 아래
연못가를 걷고 있는 두 연인은 알아차리지 못한 것 같다.

그녀는 오리들에게 먹이를 준다. 그는 그녀를 원한다고 말하고,
그녀는 반쯤 미소 지으며 약간 떨어져 서 있다. **그는 나를**
사랑한다, 나를 사랑하지 않는다 날렵하게 먹이를 던질 때마다.

한 해 동안 지속될 수도 있다고, 그녀는 생각한다, 어쩌면 두 해
그러고는 딱딱해진 빵처럼 바스러질 것이다. 황조롱이가
해를 가로질러 날아간다 그가 그의 사랑이 진실하다고,

---

* 단테Dante Alighieri가 『신곡*La Divina Commedia*』에 쓴 연속된 삼행연구三行聯句의 시 형식을 말한다. 이 형식은 각각 aba bcb cdc 등 도식에 따라 각운을 맞추는 세 개의 시행으로 이루어진다. 이 시에서는 시인이 의도적으로 삼행연구의 형식을 운용하다가 마지막 연에서 2행으로 깨뜨린다.

** 런던 교외 사우스 웨스트South West 윔블던의 우편번호로, 연못이 있는 실제하는 넓은 공유지 윔블던 커먼이 시적 공간이다.

사랑하는 이여, 영원해요 맹세할 때. 별안간 대지가 외친다
자 지금 그리고 죽음이 돌처럼 위로부터 떨어진다.
연인들은 몸을 돌려 낯선 새가 상승하는 것을 본다.

하늘로 황조롱이 홀로 오른다
그리고 나중에 그녀는 편지할지도 그는 전화를 걸지도 모른다.

부위들 이름 짓기

그들 사이에서 한 신체가 논의되었다.

여자는 팔에 멍이 들었다.

팔소매 위로 네 심장을 다 꺼내놓지 마,*

그가 주의를 준다, 그는 알고 있다

누구의 어느 부위가 그 상처를 입혔는지.

전등 불빛 아래서 너는 사악한 카드 한 벌로

내게 새로운 게임을 가르친다. 나는

다이아몬드 잭이고, 오로지 이번 판에서만,

네가 나의 퀸이야. 스페이드 에이스를 조심해.

그녀의 심장은 부서졌고 그는 자신의 간이 터져버릴까

두려워한다. 밖에서 세계는 훌쩍거리고

소문들이 핏기 없는 귀를 각다귀처럼 물어뜯는다.

너는 내 작은 손을 네 큰 페니스에 얹어놓았다.

이것은 발기다. 이것이 바로 삶이다. 이것은 또 다른

더할 나위 없는 혼란이다. 아마도 수프가 그들을 위로하겠지.

---

* Do not wear your heart upon your sleeve: 감정을 숨김없이 드러내지 말라는 뜻의
관용적 표현.

이러한 슬픔에 대항하여 단지 수프를 먹는 것.
나는 혼자를 견딜 수 없다 그리고 내 손이
서글프게도 전화기를 향해 뻗는 것을 본다.

언젠가 누군가 그녀가 그에게 상처를 주는지 물었다.
그리고 언젠가 아주 멋진 아가씨가 한 번의 키스로
그를 망가뜨렸다. 당신은 나를 좋게 믿어주었다.
우리는 그것들을 아무것도 용서하지 않는다. 나는
이것보다는 더 나은 부위를 원한다. 그는 카드를 섞고
그녀에게 기다리라고 말한다. 그녀는 날씨처럼 이야기되던
사랑받은 몸을 떠올린다. 그녀는 그가 좋아하는 수프에
재료를 넣고 있다. 그것은 진실이거나 모조리 진실이 아니다.
더는 보살핌에 마음 쓰지 않는 누군가가 보살핌을 받는다. 어
딘가에서.

우리의 얼굴이

속삭임이 허벅지 사이로 거미줄을 짠다. 가장 붉은 과일처럼
나는 벌어진다. 비의 급속한 공간들 사이
세계는 바다를 흘리고 축축한
현들이 더할 나위 없는 소리를 내려고 떨린다.

활이 장선腸線*을 잡아당긴다. 내 안의 어떤 것이
높은 줄에, 네가 은빛 실을 위한
심홍색을 찾는 곳에 발 딛는다. 솔잎 더미 아래서
장미가 붉게 빛난다. 흠뻑 빠져, 네 입술을 깨문다.

더 들어와, 뇌의 지붕이 날아가버리고
눈동자들이 내부를 응시하는 곳으로.
우리의 얼굴이 고유한 향기에 흠뻑 젖은
꽃이 될 때까지 너의 입이 꽃잎을 감싸고 있다.

행성들이 우리를 버리고 떠난다.

---

* 동물의 창자로 만든 줄로, 현악기의 줄이나 낚싯줄 따위에 사용한다.

사랑새들*

나는 네 발걸음을 기다린다.
체리 나무 위 어치 한 마리
　꽃을 흔들리게 한다.

나는 너를 내 사랑이라 이름 짓는다
그리고 갈매기들이 허공에서 울며
　우리 위로 날아간다.

우리의 창백한 두 개의 몸
늦은 빛 속에서 움직인다, 느리게
　비둘기들이 그러하듯이, 숨 쉬며.

그리고 너는 떠나버린다.
밤 올빼미 한 마리 어둠 속에서 슬퍼한다
　달의 마지막 위상을.**

---

* 원어 lovebirds는 모란앵무이며, 열애 중인 잉꼬 같은 한 쌍을 의미하나, 시에서 표현된 다른 새들의 이미지를 포괄할 수 있도록 '사랑새들'로 번역했다.
** 점점 작아지는 달인 하현을 의미한다.

우리가 들어왔던 곳

옛 연인들은 좀처럼 변하지 않는다, 레스토랑에서
우리가 서로에게 배신의 상징처럼 빵을
건네줄 때. 오늘 밤 당신들 중 한 사람.
습관은 동일하다, 테이블 너머 갑자기 나타나는
사소한 애정 행위들. 그들이 초 한 자루를
우리가 우리의 옛 애인을 주의 깊게
피하는 한가운데에 놓았다.

당신은 어떻게 자나요? **우리의 노래**처럼
진부하게 감상적인 어떤 것이 관악기로 연주된다. 나는 알고 있다
너는 여전히 돈을 내기에는 너무 쩨쩨하다는 것을.
우리의 새로운 사랑들은 우리에게만 속한 사적인 농담들 밖에,
우리 옆에 경계하며 앉아 있다. 나는 생각한다
상실의 그 모든 따분함에 대해서, 하지만, 그래,
나는 지금 행복하다. 그래. 행복해. 지금 말이야.

자기야, 그런 평범한 형체를 빛으로
씌웠던 그것이 무엇이었든
오래전에 사라져버렸어. 기억을 빛는 것은

한 자루의 초다. 어쩌면 와인이다.

나는 우리의 몸짓이 끊임없이 되풀이되는 것을 본다

네가 내게로 몸을 돌리던 방식대로 네 연인에게로

몸을 돌릴 때. 나는 내 연인에게로 몸을 돌린다. 그리고

자유 의지

그녀의 심장 속 나라가 횡설수설했다
그녀가 설명할 수 없는 언어를. 돈을 마련하자 그녀는
그녀에게서 어떤 것을 없애버리도록 그들에게 돈을 지불했다.
그것이 무엇이든 간에 그녀는 이름도 허락하지 않았다.

아무것도 아니었는데 아무것도 아닌 것을 슬퍼하고 있다는 걸
깨달았다. 이치에 맞지 않게 그녀의 몸이 애도했다, 비록 마음은
그것에 대해 이미 전부터 다 들어왔던 의사처럼 충고했지만.
말들이 주장했을 때 그것들은 담배 한 개비로 침묵당했다.

꿈은 모두 악몽이었다. 그녀가 생각하기 좋아하지 않는 것들이
생각되기를 집요하게 고집했다.
그것들은 그녀의 핏속에 있었다, 표류물처럼 간닥거리며,
잠이 물러갔을 때 그것들은 그녀의 온 얼굴에 흩어졌다.

한때, 작은 아이였을 때, 그녀는 벌레 한 마리를 반으로 갈랐다,
칼 아래 그것이 쌍둥이로 나뉘는 것을 응시하며.
베인 상처에도 불구하고 그녀가 분리시킨 것은 죽으려 하지
않았다, 그녀 안에 그녀의 전 생애에 남아 있었다.

동맹

그녀가 홀로 유지해온 것은 손가락에 끼우는 인형처럼
그녀의 얼굴을 조종하는 숨겨진 통제력이다. 그녀는
그의 괴롭힘에 미소 짓는다, 그의 프랑스인 아내 앞에서
개구리들*에 대해 독설을 퍼붓는 이 영국 남자.

그녀는 완전히 외고 있다. 수년간 그는 최상의 쓰라림으로
그녀를 채웠다 그녀 안에 더는 빈 곳이 없을 때까지. 그 안에
Je t'aime**는 없다. 어느 아침 그녀는 잠이 깨어 어느 외국인이
그녀 옆에 누워 있는 걸 알아차렸고 그녀의 심장은 굳게 닫혔다.

막내가 집에 산다. 애아버지와 그녀의 관계를 유지시키는
것에게 젖을 먹이려 그녀는 늦게까지 깨어 있다. 영국은
그를 망쳐놓았고 그녀를 정원에 볼모로 잡고 있다,
그녀의 아들들 그리고 그들이 치르게 한 값을 생각하며.

또는 내년 명절에 대해 다른 이름으로, 다른 언어로 꿈꾸며.

---

* Frogs: 프랑스인을 가리키는, 모욕적인 표현이다.

** 프랑스어로, '사랑해'라는 뜻이다.

그는 반쯤 취해 비틀거리며 그의 무게를 그녀의 삶에
쿵 하고 내려놓는다, 그녀를 증오한다 이유가 무엇이었든
그녀가 더는 그가 가까이 오도록 허락하지 않기 때문에.

또렷한 음성

1. 애거사

먹여 살릴 여덟 명의 아이들, 나는 임종이 가까운 사람들을
돌보는 간호사로 일했다. 젖가슴마다 네 명의 아이들.
사진에서 볼 수 있단다
내 긴 적갈색 머리카락을.

내게 굿나이트 키스를 해줘요—우리의 침대에서 울고 있는 내게.
그 혐오스러운 놈은 차갑게 외면한다, 완고한 등,
그러나 일을 마치고 집으로 와 마룻바닥에서 나를 갖는다
부츠도 벗지 않고 파란 눈을 꽉 감은 채로.

몰, 온 생애 동안 나는 오직 아일랜드의 들판과 나를 기쁨으로
받아들일 사람을 원했단다
결코 키스를 그만두지 않을 그리고
달을 봐요. 내 사랑. 달을요. 말하는

대신에, 바다를 건너 글래스고로의
이주 그리고 내가 결혼한 악마에 대한

오랜 시간에 걸친 증오. 나는 사랑이 내 마음속에서
예리한 파편으로 얼어붙는 것을 느꼈단다.

되풀이해서 나의 둔부로부터 생명을 내몰기
제 목을 감고 비틀기에
충분한 밧줄을 지닌 거미처럼. 그리고 그는
행위 후에 나를 안지조차 않았단다.

우리 중 하나가 죽을 때까지는 끝나지 않을 거야.
저 밖 거리에 좋은 양복에 챙이 좁은 중절모를 쓰고
이리저리 걸어 다니는 시체가 있다.
그를 내 위에 매장하지 말아줘. 제발.

한때 나는 목소리를 가졌단다, 그러나 그것은 망가져버렸고
내가 그의 닫힌 귀에 속삭이려 애썼던
그 말해지지 않은 말들을 기억해낼 수도 없단다.
달을 봐요. 내 사랑. 달을요.

누가 생각이나 했을까 전화기를 붙잡고 낯선 사람들에게
쌕쌕거리며 혼자 죽는 것을? 영원히 멈추어 있고
멈추면 녹아내리는 눈의 여왕의 심장.
한때 나는 새 드레스와 높은 희망으로 눈부시게 아름다웠지.

그렇다면 꿈꾸는 것은 미친 짓인가? 치러야 할

대가가 엄청나구나. 그러나 머리카락에서 색이 빠지고
굶주린 몸이 자신을 먹기 시작할 때,
나는 꿈꾸는 법을 잊어버렸다.

참 우습지, 몰, 너와 내가
불가능한 바다를 헤엄치는 것. 네게는 이제
밤새워 이야기 나눌 딸이 있다.
나는 내 모자들로 유명했단다. 기억하렴.

내가 거리로 나갈 때 노동자들이 휘파람을 불었다,
못 본 척했지만. 나는 자부심이 있었다. 기억하렴
공원에서 말쑥하게 차려입힌 너희 여덟 명과 함께 걷던
내 고운 머리카락과 맵시 좋은 걸음걸이를.

제발. 침묵의 저 뒤에서 나는
빛의 묘비명을 청한다. 누군가는 꿈꾸게 해다오.
버나뎃, 어린 손녀, 어느 날 너는
그들에게 내가 달을 갈망했다는 것을 꼭 말해야 한단다. 네.

2. 몰

어떤 상처들은 사라지고, 부어오르기도 하지만, 어떤 상처들은
숨어 도사린다. 그것들은 낡은 사진처럼 불쑥

나타나 어떻게든 목구멍을
움켜쥔다. 5월에 나는 마흔아홉이 된다.

그녀의 죽음은 나를 떠나지 않는다, 거의 내가 그녀의 자궁에
출몰했던 것처럼 그리고 네가 내 자궁에서 그랬던 것처럼.
내 안의 존재, 자라지도 줄어들지도 않을.
여자는 무엇을 할 수 있는가?

그 일은 보수도 후하지만, 그보다 더 중요한
자유를 준다. 네 아버지는 그것에 반대한다.
그는 지금도 나를 사랑한다 그가 25년 전에 그랬던
것만큼. 아니 그보다 더.

때때로 나는 생각한단다 문밖으로 걸어 나갈 거라고
그리고 꼭 계속 걸어갈 거라고. 그러나 곧
저녁상을 차려야 하지. 해마다 나는 그녀에게 꽃을 가져가
묘석에 말을 건단다.

너는 길들여지지 않은 아이였어, 모든 것에 답을 가지고 있었지.
너를 자궁에 담고 있을 때 너는 나를 거의 죽일 뻔했어.
남자아이들은 달라. 나는 너를 책처럼
읽을 수 있어, 내 손등처럼.

그들은 나를 미친 모자* 몰이라 부른다. 나는
자전거에 뛰어 올라타는 걸, 그리고 홀로
해변으로 달리는 걸 좋아한다. 그곳에는
나를 스치고 지나가는 무언가가 있어. 내 말 이해하니?

스무 살 이후로 나는 고갈되고 있어, 하지만 아직 텅 비지는
않았단다. 나는 스스로의 내부를 배회하고, 네가 생각지 못할
몽상들을 가지고 있단다. 가장 좋은 시간은
담배 한 개비와 함께 몽상에 빠지는 시간이야.

그런 밤이 있었지, 술 취해, 네게 말했었지
절대 아이를 갖지 마. 너 자신을 탄생시키렴,
내가 그랬다면 좋았을 텐데. 그리고 네 아빠는, 비수처럼 노려보며
화가 잔뜩 나 침대로 가버렸지. 웃니? 나는 울었어.

나는 훌쩍 날아가서 너랑만 머무를 순 없단다,
한 달 동안 싸움이 끊이지 않겠지.
네 아버지는 골똘히 생각한다
기회만 조금 주어진다면 내가 무슨 일을 저지를지. 아니 이런!

가장 견디기 어려운 것은 나 자신의 힘을 아는 거야.
이상하게 들리니? 그런데도 네 명의 우둔한 아들들과

---

* mad cap: 괴짜인, 별난 사람을 뜻한다.

남편은 나를 얇디얇은 금박처럼 다룬다.
자력의 블랙홀을 지닌, 나를 말이야.

아이였을 때 너는
자꾸만 내게 노래해달라 보챘었지
밤하늘에 별들은 크고 밝아요.
그래. 여전히 별들은 그렇단다.

실없이 말을 늘어놓는 내 모습이라니. 참 우습지,
버나뎃, 불가능한 바다에서 달빛 아래
헤엄치는 우리가. 가자, 얘야,
길고 좋은 산책을. 그리고 네게 비밀 하나를 들려줄게.

3. 버나뎃

내 어머니의 어머니가 돌아가신 날, 내 어머니는
휴가 중이었다. 나는 나쁜 소식을 가지고
해변으로 갔다. 어머니는 테이블 위로 무너졌다,
전보에 와인을 엎질렀다.

누군가 할머니가 쓴 일기장을 태웠다. 그것은
증오의 목록이었고 그것이 그녀가 남겨야 했던
전부였다. 발췌된 부분이 장례식장에서

작은 소리로 속삭여졌다가 잊혔다.

할머니의 입은 화난 것처럼 굳었다.
내게 굿나이트 키스를 해줘요. 내 어머니는 안으로 들어갔다.
어머니는 그가 그녀에게 키스하려 관 위로 몸을 숙이는 것을
보았다 그리고 시신이 움찔했다는 생각이 언뜻 들었다.

나는 별로 기억나지 않는다. 아마도 남 얘기를 쑥덕거리는
침상에서 할머니의 냄새가 어머니의 것과 섞이던 것.
키득거리는 사람들. 한 사람이 어둠 속에서
노래했다 **고개를 숙여라 톰 둘리.***

또는 어른들이 네가 안 자고 늦게까지 머물게 두도록
고결한 표정을 가장했던 일. 말해지지 않은 채 남겨진 것들을
보호할 언어가 거의 펼쳐지지 않았을 때
귀 기울이던 일.

그달에 그들이 그를 그녀 위에 매장했다.
나는 그 개자식이
영원히 내 위에서 썩어가는 걸 원하지 않아.

---

* 「톰 둘리Tom Dooley」는 1866년 살해당한 로라 포스터와 살인범으로 지목된 톰
둘리에 관한 이야기를 담고 있는 노스캐롤라이나 전통민요로 원문 "Hang down your
head"는 그 가사의 일부이다. 후에 미국 밴드 킹스턴 트리오가 1958년에 편곡하여
발표했다.

그게 무슨 상관이에요, 그들이 말했다, 이제 그녀는 죽었잖아요?

이제 달을 볼 수 없어, 몰.
귀 기울여라. 너의 천 명의 어머니들의 희망이
또렷한 음성으로 네 안에서 노래하는 것을.
멀리 가렴, 네가 할 수 있는 동안, 전 세계를 가보렴.

나는 지금 그녀가 말하는 것을 거의 들을 수 있다.
누가 나를 기억할 것인가? 우리에게는 마땅해 보이는
것들로부터 그녀의 세월을 멀리 떨어뜨려놓은
수십 년의 암담한 침묵과 사랑의 결핍을.

왜냐하면 우리가 모든 가능한 바다를
쉽게 헤엄치고 그들을 잊지 않기 때문이다.
다시 봄이다 그리고 바로 이때쯤
내 할머니는 새 모자를 하나 사셨을 것이다.

그리고 나는 그녀 같은 머리카락을 가졌다. 내 어머니는
일터로 출발하고 있다. 비행기가
그녀의 집 위로 오른다. 그녀는 훗날
내 창문에서 그것을 바라보는 나를 상상한다.

내가 가장 단순한 것들을 상상하듯이. 누구에게도
해가 되지 않을 여자들의 꿈.

묘지의 4월은 오래된 땅에서
새로운 꽃들이 피어나는 것을 본다.

낮의 빛이 사라진다. 밤을 배경으로
비행기 불빛이 다른 곳으로부터 온다. 몰에게
삶은 조화롭게 다시 흘러간다.
애거사에게, 손녀 버나뎃으로부터, 달은 조화롭게.

면죄의 말

그녀는 묵주 기도로 삶에 매달린다,
90세. 누가 당신을 만들었나요?
하느님이 나를 만드셨지. 펄은 아이 때 죽었단다
그리고 그는 블랙리스트에 올랐다. 들어보세요
오랜 세월 당신 기도의 일정한
양식을. 연옥이 뭐죠?

원죄에 대한 죄의식과 얼룩짐.
성처녀를 제외하고. 술은 한 모금도 마시지 마라
담배도 절대 안 돼 그리고 다리는 오직 출산을 위해서만
벌리는 거야. 미안하지만. 동정녀에게 위탁하여
그들이 소포를 전달한다. 음악이 멈추게 하지
마라 내가 온 힘을 다해 붙잡고 있으니. 시체의 부활이
무슨 뜻이에요?

우리가 당신을 집에 가두었음에도 불구하고
여자 중 그대는 복되도다. 오직 입술의
소리 없는 움직임과 수십 년의 묵주 만지작거리기.
우리는 하느님을 사랑하는 마음을 어떻게 보여줘야 하죠?

되는 대로 내는 실링은 절대 안 돼, 하지만 맛있는 스프를
항상 테이블 위에. 금식일들은 언제죠?
메리 월리스, 금욕의 날들이 언제지?

성유, 재, 성수,
없음의 끝을 기다리는 묵주. 할머니,
저는 **소돔의 죄**를 저질렀어요.
우리는 어떻게 서로를 사랑할까요?
언제나 기억해야 할 마지막
네 가지는 무엇이에요? 나는 죽어요.
순결. 독실함. 겸손함. 강한 인내.
할머니는 어떻게 하루를 마쳐야 하나요? 당신의
밤 기도들 후에 당신은 무엇을 해야 하나요?

빚

그는 돈 문제 때문에 밤새 잠 못 이루었다.
마치 술에 취한 듯이 불가능한 시나리오가
어둠 속에서 춤추었다. 여자가
저었다, 부드러운 숟가락을, 그리고 그들로부터
나온 것들이 옆방에서, 안전하게, 꿈을 꾸었다.
그는 자신을 떠나 그가 소유하지 않은 권총을 꺼냈다.

그는 도박에서 돈을 땄다, 그녀를 위한 진주와
아이들에게는 조랑말들. 습한 침실은 해양 정기선이었다
여자가 방귀를 뀌고, 서서히 그에게서 멀어질 때까지는.
절망이 소용없는 기도를 하게 했고 근심이 궤양을 만들었다.
그는 그가 가질 수 없는 무언가를 위해
그가 믿을 수 없는 것과 흥정했다. 선생님……

벽지를 뚫고 정장 차림의 남자들이 나타났다.
그들은 비디오 녹화기를 원했다, 가구들을 원했다.
그들은 아이들을 원했다. 그의 심장박동이 공포에 사로잡혀
벗어나려 애쓰고, 나일론 홑이불이 땀에 시큼하게 젖었다.
그가 하지 않을 것은 아무것도 없었다. 할 수 있는 것은

아무것도 없었다, 마음의 정신 나간 필름을 돌리는 것 외에는.

친애하는 선생님…… 그의 유령이 타이핑했다. 그는
수년 전, 월급날에 과일과 견과류 든 바를 들고
그녀를 기다리던 것을 떠올렸다. 왠지 위안이 되었다
그는 손을 뻗어, 그녀를 찾았다, 그러고는 잠들었다.
이것도 추가해라. 저것도 빼앗아라. 긴 밤이 차가운 빛을
집 안으로 새어 들어가게 했다. 한 통의 편지가 도착했다.

너 제인

밤에 개와 여우*에서 돌아와 한번 해주고 나자 바싹 달라붙는
여편네에 대고 나는 기네스 맥주 냄새 풍기는 방귀를 뀐다.
전부 근육이야. 내 배에 주먹을 세게 날려봐 내가 움찔하는 걸
보려면 영원히 기다려야 할걸. 한번 날려봐.
집의 가장. 내 집의 주인. 단단하지.

이 이두근 좀 보라고. 테이블 위의 저녁 식사 그리고
깨끗한 셔츠, 그러나 나는 그녀의 관점을 존중하지.
8년 동안 내게 둘을 낳아주었어, 언제 입 다물어야
하는지 안다고. 살이 좀 많이 찌기 시작했지만
주말에는 여전히 가터를 하고 허리를 숙이지.

이것이 바로 사는 거야. 내년에는 호주 그리고 빌어먹을
장모. 이 허벅지 좀 만져봐.
가라테가 나를 화강암처럼 만들지. 황소의 힘.
나는 맥주를 끝도 없이 마실 수 있어 문제없지. 사내들이랑
여러 잔, 실컷 웃고, 그러고는 집으로 그녀에게.

---

* Dog and Fox: Pub의 이름, 대중적인 술집을 의미한다.

그녀는 말하지 당신 꿈꿨어요, 내 사랑? 나는 절대
꿈 따위 안 꿔. 잠은 좋은 맥주처럼 검지.
딱딱하게 발기되어 반쯤 잠에서 깨, 그것을 찔러 넣어.
그녀는 불평하지 않아. 내가 느낄 때, 나는
내 목에 보라색 정맥이 진동하는 여기를 느껴.

그녀가 누구였든지

그들은 언제나 나를 싸구려 스크린에
가물거리는 형상으로 본다. 진짜가 아니다. 내 손은,
여전히 젖은 채, 나무 빨래집게를 돋아나게 한다. 나는
빨래를 널며 사과 타는 냄새를 맡는다.
엄마, 아이 유령의 작은 목소리들이
전화로 말한다. 엄마.

한 줄로 늘어선 종이 인형들, 상처 닦기
또는 병사들을 위한 달걀 삶기. 되풀이하여
마법 같은 말*로 청하기. 나는 알지 못한다.
어쩌면 내일은. 만일 우리가 정말 잘한다면.
영화는 반복된다. 아기 주먹에 반으로 찢긴
여섯 명의 어리석은 부인들. 아이들이
나를 생각하면, 나는 밤에 몸을 숙여
입 맞출 것이다. 향수. 실크의 바스락거림. 잘 자렴.

---

* magic word: 대화에서 상황을 부드럽게 하기 위해 쓰는 표현으로 '제발요(please)',
'고마워요(Thank you)' 등을 말한다.

어디가 아프니? 메아리의 조각이 검은 딸기
덤불에 달라붙어 있다. 내 처녀 적 성이
이상하게 들린다. 이 방은 놀이방이었다.
나는 서투른 혀로 그것을 뒤집는다. 다시.
이것들은 사진이다. 촛불을 밝혀 순무로
가면 만들기. 그들이 올 경우를 대비해서.

그녀가 누구였든지, 그들의 크게 뜬 눈은 영원히 그녀를 주시한다
그녀가 공중에 교회 모양을 만들 때, 첨탑을 만들 때.
그녀는 나 자신이 될 수 없다 그리고 아직 나는 그녀가
여기 있었음을 입증할 먼지투성이 선물 상자를 가지고 있다.
너는 사소한 것들을 기억한다. 이야기를 들려주던 것
또는 강한 척하던 일. 엄마는 결코 틀린 적이 없다.
당신은 당신의 죽은 눈을 떠 그들이 당신의 입에 들고 있는
거울을 들여다본다.

인간의 관심을 불러일으키는

끝내는 데 30초 걸린 일로
최소 15년은, 감방에서 썩는다니.
그녀가 돌아섰다. 내가 쩔렀다. 나는 이성이 죽을 때까지
내 두개골을 뚫고 타오르는 이 열기를 느꼈다.

나는 그녀를 위해 뼈 빠지게 일했는데, 뭔가 달라졌다는 걸
알았을 때 그녀는 거짓말했다. 퇴근 후에 그녀는 어떤
멍청한 놈을 만나고는 했다. 그녀는 기만의 악취를 풍겼다.

나는 그녀를 사랑했다. 내가 그녀를 비난하자, 그녀는 울며
부인했다. 정말이지, 그녀는 나를 갈가리 찢어버렸다.
그 월요일에, 나는 다른 자식이
그녀에게 하트 은목걸이를 사줬다는 걸 알게 됐다.

지금 그녀를 생각하면, 슬픔으로 거의 목이 멘다.
내 애인. 그녀는 품행이 나쁜 그런 여자가 아니었다.
나는 파리 한 마리도 해치지 못할 사람인데, 우스갯소리가 아니다.

다른 곳 꿈꾸기

돌로 된 저 기이한 새들은 헤로인 중독으로
박살 났다. 여기는 빌어먹을
타이타닉의 연회장 같다. 우리의 친구는
거기에서, 절대로, 아무 일도 없을 거라고 말하며,
저당 잡혀 산 마약이 불어나는 동안 끊임없이 마신다.
그의 고양이는 잔뜩 취했다. 내가 뭘 말하는지 알겠어?

아무 데로도 이어지지 않는 암담하고도 영원한 비
내리는 길고 어두운 거리. 이곳은 파리의 북쪽.*
모두가 다른 사람 모두와 성교했다, 적어도
두 번씩. 치명적인 칵테일이 폭로와 소문으로 넘칠 듯
가득하다. 나는 당신에게 말해주러 왔다
대성당들이 살아 있는 건 운 좋은 거라고.

얌전히 굴어라. 유리잔은 산산이 부서져,
그의 눈 바로 위를 찔렀다. 웃어요? 그는 배꼽을
쥐고 웃었다. 심지어 강물도 어디로든 가기에는

---

* 실제 시적 공간은 리버풀이다. "다른 곳 꿈꾸기"라는 제목처럼 다른 공간을 꿈꾼다.

너무 취했다, 강이 별들을 올려다본다
희망 없는 연인들을 위해 숙취에 시달리는 달을 비추며.
아르카디아에도 나는 있노라* 필하모닉에도.

이 게임에서 네게 필요한 것은 강철 신경이다
바람이 황량함을, 기억을 끌고 가며
헤드 부두**에서 비명을 지른다, 오케스트라가
몹시 흥분한 마지막 무용수들을 위해 연주하는 동안.
다른 어딘가에 있는 다른 우주는 보이기까지 수 광년이 걸린다
비록 그 우주가 이미 사라졌을지라도. 당신 뭐라고요?

---

* Et in Arcadia Ego: '아르카디아에도 나는 있노라'라는 라틴어 경구로, '아르카디아'
는 목가적 이상향을 뜻하고, '나'는 죽음을 뜻한다.
** Pier Head: 리버풀의 관광명소 헤드 부두를 말한다.

당신이 뛰어내리기 전에

베리먼 씨에게*

이 힘든 말들이 당신에게 어떤 영향을 미쳤는지
우리에게 알려줘요.

　　　　　나는 지금 **사랑**과 **관심**을 요구한다
내 작은 두 주먹으로, 시의
근육들로. 이 노래들은
이해되도록 만들어지지 않았다, 당신은 이해한다.
이 노래들은 오직 두렵게 하고 위안을 주려 만들어졌을 뿐.**

날마다 빛이 오게 해줘요 내가 내 소소한 과업들과
분투하는 곳으로. 벌들이 무너질 때
황금 벌집은 꿀로 가득하다.
거의 없는 달콤함을 얻으려 그렇게 많은 고통을, 그러나

---

* 존 베리먼(John Berryman, 1914~1972): 미국의 시인.
** 존 베리먼의 시 「꿈의 노래The Dream Songs」의 일부이다.

사람들은 1파운드의 살점처럼* 조각품을 애무한다.

엘로이 엘로이 라마 사박타니.**

그리고 누가 올바르게 사랑할 것입니까?

당신이 해야 합니다

그러지 않으면 우리는 죽습니다. 크로커스 꽃들을 지나

교회 묘지를 걸으세요. 꽃들은 오래가지 않을 것입니다.

나의 수호천사가 나를 버렸지만 곧

우리는 지구의 만곡부를 따라 비행할 것입니다.

기적은 내가 바라는 전부입니다. 대단치 않지요.

피와 눈물로 붉게 젖은 입이 울부짖는다

질투가 전부 다 망쳤다고.   나를 구원하소서.

아니면 적합함을 위해 갑자기 원상태로 돌아가는

언어의 군살로 일을 해내세요. 그리고 혼자. 만일 저녁에

누군가 두 팔을 벌리고 배회한다면

우리는 축복받을 것입니다. 누군가 **예**라고 말한다면.

제 말은 언제나 진심입니다. 들어보세요.

---

* "1파운드의 살점"은 셰익스피어의 희곡 「베니스의 상인」에 나오는 한 장면에서 유래했다. 고리대금업자 샤일록이 안토니오에게 대출금 상환으로 1파운드의 살을 요구한다.

** 히브리어를 헬라어로 음차한 것이다. '나의 하느님, 나의 하느님, 어찌하여 나를 버리셨나이까Eloi Eloi lama sabachthani'라는 뜻으로, 십자가 위 예수가 남긴 일곱 가지 말씀 중 하나로 알려져 있다. 「마르코의 복음서」15장 34절.

당신은 진심을 말합니까?

슬로우 모션으로 그는 아래로 영원히 추락하며,
회전하고 있다. 이제 우리를 위해 기도하세요.
하나의 목소리가 없었다면. 충실함.
그것이 가능하지 않았다면. 인내.
오직 나만이 있을 것입니다. 이것을 위해
나는 나 자신을 줄 것입니다, 내 숨마저 줄 것입니다.
그러나 우리가 길을 잃지 않았다고 말해주세요. 사랑하는 이여.
궁핍과 아무것도 얻지 못하여 얼굴이 새빨개진 남자.

혀가 안팎을 핥는다 그리고 내가 무엇을 할 수 있는지를
보아라. 명성과 **돈**은 너무 늦게 얻기보다는
아예 없는 것이 더 낫다. 이 잔이 나를 그저 지나가게 하라.
그들은 나를 끝장내고 있다, 이 세계 안에 있는
이미지들, 소리들. 당신은 거듭 돌아선다.
당신은 언제나 돌아선다.

보석과 쓰레기로 나는 경이로운 기계들을
만들었다, 그러나 결국 나는
사소하다. 더 할 말이 없다. 아무것도
말하지 않을 때 나는 모든 것을 불신한다.
그곳에서 내려와 따듯함 속으로 오라.
영원히 따듯함 속으로 오라. 만일 하나의 목소리가 없었다면.

만일 내가 하나의 목소리가 있었음을 가능하다고 생각하지 않았다면.

시골 파티, 1956

네 안의 화학 물질이 두려움의 성분을 분비한다.
그것은 두려움인가? 너는 확실히 안다
얼음이 붉은 세모꼴*들 뒤 긴 유리잔 속에서 녹고 있음에도,
네가 그 검은색, 비닐 소파 위에서, 불안해한다는 것을.
너는 섹시하다고 여기지 않는다, 낯선 사람의 아파트에서 보는
너의 첫 포르노 영화, 하지만 어쨌든 너는 그것을 본다.

곤혹스러움이 세 겹 페티코트처럼 탁탁 소리 낸다. 결혼한 2년을
포함해서도, 너는 절대 상상도 못했다. 여자가 낄낄거리며
네가 이해 못 하는 농담을 지껄인다, 하지만 어쨌든 너는 웃는다.
한쪽 스타킹에, 올이 풀린 곳을 너는 투명 매니큐어로
막아놓았다. 화면에서는
너의 **엄마**를 소금으로 눈 돌리게 할 일이 벌어지고 있다.

갑자기, 방 전체가 숨 쉬고 있다. 누군가 콧노래를 부른다
「매직 모먼츠」** 그리고 곧 그만둔다, 젖은 입술이 벌어진다.

---

* red triangles: 기독교 청년회의(YMCA)의 표장을 의미한다.
** 미국 가수 페리 코모(Perry Como, 1912~2001)의 노래 "Magic moments"를 말한다.

영화 속 두 남자가 못된 짓을 벌인다. **맙소사.**
너는 수치스러운 나머지 죽을 수도 있다. 크롬 재떨이에는
테두리에 립스틱 묻은 담배꽁초가 가득하다. 너의 가터벨트가
너를 악의적으로 꼬집는다, 찬물을 끼얹는 신랄한 아이들처럼.

너는 볼 엄두도 못 낸다, 그러나 시릴 로드 카펫 위에서
무언가 벌어지고 있다. 마음 한구석에서는 그저 면도용
크림일 뿐이라고 말하지만. 너와 그는 불을 끄고 성교한다.
이것은 그에게 아이디어를 줄 것이다. 그것은 두려움이다. 너는
남편이 네게서 옴질거리며 떨어져
눈이 영화 주인공 같은 젊은 주인 남자에게 미소 짓는 동안에
팔꿈치로 남편을 살짝 찌르고 찌른다.

친애하는 노먼에게

나는 신문 배달 소년을 진주 따는 다이버로
바꿔놓았다. 나는 할 수 있다. 나의 밤에는
달이 없으므로, 만일 내가 별에 대해 말하는 일이 있다면
그것은 실수이다. 또는 내가 이런 것들을
언급하는 일이 있다면, 의도적인 것이다.

파도를 뚫고 나아가는 그의 몸은 갈색이다. 매우 하얀 치아.
물 아래서 그는 완벽한 조개를 찾는다.
그는 알지 못한다, 그가 문 사이로 『미러』* 신문을
넣을 때, 그가 돌고래와 같다는 것을.
나는 그를 파블로라고 이름 지어줄 것이다, 할 수 있으니까.

파블로는 웃으며 머리카락을 흔들어 해초를 떨어뜨린다.
그의 손바닥에 반투명한 진주가 나타난다. 그는 떠올린다.
*Cuerpo de mujer, blancas colinas, muslos blancos.***

---

* 『데일리 미러*Daily Mirror*』: 1903년에 창간한 영국의 타블로이드판 일간 신문이다.

** 파블로 네루다의 시 「여자의 몸」의 한 구절로, 번역하면 '여자의 몸, 하얀 언덕들, 하얀 허벅지들.'이다.

어렵게 느껴지다가도 다시 쉽게 여겨진다,
빗속에서 자전거를 밀며 떠나는 것을 지켜보며.

빗속에서 자전거를 밀며 떠나는 것을 지켜보며
나는 그의 이름을 창유리에 공들여 적는다.
나눌 말이 거의 없다, 그러나 나는 단어의 순서를 재배열한다.
파블로는 말을 건넨다 당신은 내가 또 한 번 물속으로 더 깊이
들어가길 원하나요? 나는 네가 더 깊이 들어가길 원해.

내일 나는 청소부를 다룰 것이다.

재능

이것은 **팽팽히-맨-밧줄***이라는 단어다. 자 이제 상상해보라
우리의 생각 사이로 난 공간에서 조금씩 움직여 밧줄을
건너고 있는, 한 남자를. 그는 우릴 숨 멎게 한다.

그물이라는 단어는 없다.

당신은 그가 떨어지기를 바란다, 그렇지 않은가?
그럴 줄 알았다, 그는 넘어질 듯 비틀거리지만 결국 성공한다.
박수라는 단어가 그의 온몸에 적힌다.

---

* 원문은 *tightrope*이다.

$*

어 워언 어 투우 어 워언 투우 쓰리 포오—
부기우기** 추우 추우 차 차 차아타
누기. 우기 우웁 어 룰우 바압 어 우웁
빔 밤. 다 두우 런 아 두우 런*** 오오 우웁 아
샤아 나? 나 나 헤이 헤이 두우 와아 디드.
우웁, 디디이 아이 디디이 샤알라 랄랄 랄랄 랄랄,
부우기 우우기 추우 추우 차 차 바압.
(어 우우기 우웁 아 룰우 바암) 예에 예에 예에.

---

* 재즈에서 가사 없이 목소리로 연주하듯 음을 내는 창법인 스캣 싱잉을 차용했다.
잘 알려진 대중문화에서 가져온, 스캣을 타이핑한 뜻 없는 음절들로 시를 시도해 미
국의 화폐이자 기축 통화인 $(달러)를 제목으로 한 이 시의 의미 발생 가능성을 확장
하고 있다.

** boogie woogie: 블루스에서 파생된 재즈의 한 종류.

*** 뉴욕을 배경으로 활동한 미국 여성보컬 그룹, 더 크리스털스(The crystals, 1960~
68년 활동)의 히트곡 "Da Doo Ron Ron"에서 가져옴.

리버풀 에코*

62년에 팻 호지스**는, 꽤 수줍었음에도, 당신에게 한 번
키스했었죠. 매튜 거리에서 작은 무리들이
비트의 메아리를 들으려 비를 견디고 있어요,
마치 노스탤지어가 당신***이 죽지 않았다고 말하는 것처럼.

머지사이드주州**** 전화 부스 안에서 사랑받지 못한 숙녀들이
울고 있고. 그들의 얼굴은 패배를 드러내요. 고풍의
쥬크박스가 「그녀는 달콤하지 않나요」*****를 요란하게 울리는
리버풀에서는, 작별 인사say goodbye******를 할 수 없어요.

---

* Liverpool Echo: 리버풀과 머지사이드 주 지역 신문. "리버풀 메아리"라는 뜻이다.

** 팻 호지스Pat Hodges는 이언 브래디Ian Brady와 마이라 힌들리Myra Hindley가
1963년 7월부터 1965년 10월 사이 영국 맨체스터 인근에서 저지른 무어 살인 사건
(10살에서 17살의 아이들 5명을 살해한 사건)의 생존자이다.

*** 비틀스의 멤버인 존 레논을 말한다.

**** Merseyside: 잉글랜드 북서부의 주. 주도는 리버풀이다.

***** 비틀스의 노래 제목. 원제는 "Ain't She Sweet"(1927 作). 전국적, 세계적 유명세
를 얻기 전인 1961년 비틀스가 녹음한 커버곡으로 비틀스 멤버들이 태어나고 음악 활
동을 시작한 리버풀과 리버풀 사람들에게는 특히 의미 있는 노래이다.

****** 비틀스의 노래 「헬로, 굿바이Hello, Goodbye」의 노랫말이다(You say goodbye
and I say hello).

여기서는 모두에게 당신을 어떻게 만났는지
이야기하는 일화가 있어요, 당신은 최고의 친구였죠.
갈매기들이 밤이 깊어지는

강에 뜬 연락선 주위를 맴돈다.
물에 뜬 쓰레기처럼, 사람들이 떠돈다
캐번 클럽* 밖에서 비를 맞으며. 기다린다.

---

* Cavern: 리버풀 매튜 거리에 위치한 클럽. 비틀스가 초기에 주로 활동했던 곳이다.

뒷자리*

나는 드레스덴의 프란츠 슈베르트**입니다. 쉽지 않았습니다.
꽤 일찍 내 바이올린 연주 기량이 평범하다는 걸 깨달았지만,
어쨌든 우리는 먹고살아야 했습니다.
내가 쓴 작품은 (「꿀벌」, 당신이 그것을 기억할지 모르겠군요)
그 겨울의 옷값을 지불했습니다, 다른 건 거의 없었죠.
아이들은 새 나막신을 신고 춤추었습니다
바이올린 줄이 가장 높은 음에서 툭 끊어질 때까지요.
나는 딱 한 번 하이델베르크에서 그를 봤습니다, 다른 슈베르
트를요.
그는 나보다 나이 들었고, 나보다 더 젊어 보였습니다.
나보다 더 작았고, 나보다 더 커 보였어요.

---

* 원제는 Back Desk이다. desk는 관현악단 단원의 좌석을 말한다.

** 프란츠 페터 슈베르트(Franz Peter Schubert: 1808~1878), 독일 바이올린 연주자이
자 작곡가였다. 잘 알려진 작품으로 「꿀벌The bee」이 있다. 이 작품은 동명이인인 유
명 작곡가 프란츠 슈베르트의 작품으로 자주 오해받았다.

서 있는 여성의 누드

몇 프랑을 위해 이렇게 여섯 시간.
배 젖꼭지 엉덩이 유리창 빛 속에,
그는 내게서 색을 빼낸다. 좀더 오른쪽으로요,
부인. 그리고 가만히 있으려 애써보세요.
나는 분석적으로 묘사되어 위대한 박물관에
걸릴 것이다. 부르주아들은 강가 창녀의 멋진 이미지에 놀라
점잖게 속삭일 것이다. 그들은 그것을 **예술**이라 부른다.

어쩌면. 그는 부피와 공간에 대해 염려한다.
나는 다음 한 끼를 걱정한다. 당신 야위고 있군요,
부인, 좋지 않아요. 내 젖가슴이
약간 낮게 늘어진다, 작업실은 춥다. 찻잎에서
나는 잉글랜드의 여왕이 내 형상을 응시하는 것을
볼 수 있다. 아주 숭고해, 그녀는 중얼거리며
이동한다. 그것은 나를 소리 내 웃게 한다. 그의 이름은

조르주이다. 그들은 내게 그가 천재라고 말한다.
때때로 그는 집중하지 않고
내 온기에 경직되기도 한다.

붓을 반복적으로 물감에 적시며
그는 캔버스 위에 나를 소유한다. 하찮은 남자,
당신은 내가 파는 예술을 살 돈이 없지.
둘 다 가난하다, 우리는 우리가 할 수 있는 방식으로 생계를 꾸린다.

나는 그에게 묻는다 **왜** 당신은 이걸 하죠? 해야만
하니까요. 선택의 여지가 없어요. 말하지 마세요.
내 미소가 그를 혼란스럽게 한다. 이 예술가들은
자신을 너무 심각하게 받아들인다. 밤에 나는 바를 돌며
와인과 춤으로 나를 채운다. 그림이 완성되자 그는 내게
자랑스럽게 보여주며, 담배에 불을 붙인다. 나는 말한다
12프랑 그리고 내 숄을 줘요. 그것은 나처럼 보이지 않는다.

유화 물감으로 그린 시

내가 배운 것 나는 허공으로부터,
빛의 무한한 변화로부터 배웠다. 연한 색채들
서서히 변한다 구름이 형상을 휘저을 때, 자주색 비
또는 보라색 뇌우가 내 눈의 한구석에서 전율한다.

여기, 이 다른 해안에서, 모티프가 증식한다.
파도가 땅을 향해 나아가는 사랑 앞에서
나는 주저한다. 이것이 내가 보는 것인가.
아니, 그러나 이것은 봄*의 과정이다.

나를 믿어라, 소리 내지 않는 그림자들이 붓놀림처럼
나무에서 떨어진다. 화가가 절벽 위에 서서
의혹을 확실성으로 바꾼다,
저 아래 멀리, 바다가 하늘로 자신을 가득 채우는 곳.

나는 이것을 하려고 여기에 왔다. 그리고 알고 싶었다.

---

* seeing: '봄' '보기'를 의미한다.

오펜하임*의 잔과 받침 접시**

그녀는 나를 모피를 입은 오찬에 초대했다. 남자들의
떠들썩한 웃음소리가 전혀 아닌, 우리의 은밀한 삶이 동요했다.

나는 그녀의 두 눈을 기억한다, 그녀 등뼈의 늘씬한 밧줄을.
이것은 당신의 잔이에요, 그녀가 속삭였다, 이건 제 것이고요.

우리는 달고 뜨거운 액체를 마시며 음란한 말을 나눴다.
그녀가 나를 벌거벗길 때, 그녀의 젖가슴은 거울이었다

그리고 침대에 거울들이 있었다. 그녀가 말했다 당신의
두 다리를 내 목에 둘러요, 그래 그렇게요. 좋아요.

---

* 메레 오펜하임(Meret Oppenheim 1913~1985), 스위스 초현실주의 예술가.
** 오펜하임의 작품 「모피로 덮인 받침 접시, 잔, 숟가락Assiette, tasse et cuillère couvertes de fourrure」, Object(1936)을 의미한다. 1938년 이후에는 "모피를 입은 오찬"(영어 제목은 "The Luncheon in Fur")이라는 제목으로 자주 불렸다.

종이 위의 잉크

구성 1

심장은 평온하다. 라디오가 느린 동작으로
보이지 않는 것을 구체화한다.
테이블 위에서, 사과들이 오래된 모티프를 모방한다,
그 너머, 창밖, 갈매기들이 나무들에게
갈채를 보낸다. 무언가가 일어났다. 구름들이
멀리 떠난다, 우월하고 지루하게. 한 개비 담배
갈색 점토 재떨이에서 연기를 뿜는다, 주의를 주지 않은 채.

구성 2

암적색 안락의자, 빈 채로
참을성 있게 기다린다. 속이 빈 젖은 웰링턴 부츠
가스난로 앞에서 유령 다리를 따뜻하게 한다.
문 건너편에 울고 있는 여자의
목소리가 들리고 양파 볶는
냄새가 난다. 의자 아래, 우산이
반쯤 존재한다. 커튼 뒤에는, 유리, 비.

구성 3

이 그릇에 담긴 과일은 언어를 말하기를
완강히 거부한다. 분홍색의 허영심 많은 복숭아들은
저무는 빛 속에서 초연함을 유지한다. 자몽은
누군가가 바라보는 한 단지 노란색일 것이다.
다른 그릇에는, 금붕어 두 마리가 더 부지런히 애를 쓴다.
주목되지 않은, 남자가 지켜본다, 지켜보고 있는 고양이를.
오렌지는 거의 침묵보다 더 조용하다.

지하철 대피소*에
앉은 여자, 1941

헨리 무어**의 드로잉을 따라서

나는 잊어버렸다. 나는 다른 얼굴들을 바라보며 어떤 기억도,

어떤 사랑도 발견하지 못했다, 맙소사, 저 여자는 기묘하군.

그들의 웃음이 터널을 채우지만, 나를

위안하지 못한다. 굉음이 있었고 그러자

나는 나머지 사람들과 연기 속을 내달리고 있었다. 두터운, 회색

연기가 적어도 30년을 뒤덮고 있다.

나는 내가 임신했다는 것을 알지만, 나의 이름은 모른다.

이제 그들은 노래하고 있다. 막사 입구 옆

등불 아래에서.*** 그러나 누구를 기다리고 있는가?

---

* 원문의 the underground는 영국의 지하철을 가리킨다. 런던 대공습 당시 런던 지
하철은 대피소였다.

** 영국의 조각가 헨리 무어(Henry Moore, 1898~1986)를 가리킨다. 제2차 세계대전
중 런던 대공습 시기에 지하대피소에서 공습이 끝나기만을 기다리는 사람들을 주제
로 한 드로잉을 남겼다.

*** 독일의 사랑 노래「릴리 마를레네Lili Marlene」의 가사이다. 제2차 세계대전 당
시 독일군과 연합군 양진 모두에서 인기를 끌었다. 1915년에 시로 쓰여져 1937년

내가 기다렸던가? 나는 결혼반지도 없다, 핸드백도, 아무것도.

담배를 피우고 싶다. 나는 결혼반지를 잃어버렸거나

헤픈 여자다. 아니. 누군가 나를 사랑했다. 누군가

지금까지도 나를 찾고 있다. 나는 어딘가에 산다.

나는 그 단어를 소리 내 왼다, **달링** 그리고 그것은 아무것도 불러오지 않는다.

아무것도. 아이가 울고 있다. 내 아이는 아직 나타나지 않는다.

아가. 내 두 손이 뜨개질의 기억을 흉내낸다.

안뜨기. 겉뜨기. 나는 이런 것들을 어떻게 하는지 알지만, 내

마음은 어디로도 이끌지 않는 가느다란 실오라기들로 풀려버렸다.

곧, 나는 일어서서 누군가 나를 도와줄 때까지 비명을 지를

것이다. 하늘은 사이렌과 전투기 소리, 불과 폭탄으로 가득했고,

군중 속에 파묻혀 나는 나 자신을 완전히 잊어버렸다. 신이시여.

출판되었고, 1939년 '등불 아래 소녀'라는 제목으로 녹음되었다.

전쟁 사진가

그의 암실에서 그는 마침내 혼자다
정연하게 열 지어 나열된 고통의 타래와 함께.
유일한 불빛은 붉은색이고 은은하게 빛난다,
마치 이곳이 교회이며 그가
미사 집전을 준비하는 사제인 듯이.
벨파스트. 베이루트. 프놈펜.* 모든 육체는 풀이다.**

그는 해야 할 임무가 있다. 그때는 떨리지 않았던
그러나 이제는 떨리는 것 같은 그의 손 아래서 현상액들이
트레이에 찰랑거린다. 시골 지역의 잉글랜드. 다시 집으로
단순한 날씨가 없앨 수 있는 평범한 고통들로,
끔찍한 열기 속에서 달아나고 있는 아이들의
발아래서 폭발하지 않는 들판으로.

무언가 일어나고 있다. 낯선 사람의 이목구비가
그의 눈앞에서 희미하게 비틀리기 시작한다,

---

* Belfast. Beirut. Phnom Penh: 모두 20세기 격렬한 분쟁과 학살의 현장이다.
** 『구약성서』「이사야」40장 6절의 일부분이다. "모든 육체는 풀이요."

모양이 갖추어지지 않은 유령. 그는 이 사내의 아내의
울부짖음을 기억한다, 누군가는 해야만 하는 일을 하기 위해
어떻게 그가 말없이 승인받았는지를
그리고 어떻게 피가 얼룩져서 이질적인 티끌이 되었는지를.

흑백으로 된 100개의 처참한 고통
일요판 부록을 위해 그의 편집자가
다섯 개나 여섯 개를 고를 것이다. 독자들의 눈동자는
욕조와 점심 전 맥주 사이에서 눈물로 따끔거릴 것이다.
비행기에서 그는 자신이 밥벌이하는 곳을
냉담하게 응시한다 그리고 그들은 상관하지 않는다.

얼마에?

이것들은 그의 일기장*이다. 글을 통해 우리는 그 사람을,
그리고 그가 잘못 판단되지는 않았는지를 알아낼 수도 있다.
인정하자, 지금도, 대부분의 사람들은 유대인을 남몰래
몹시 싫어한다. 우리에게는 진실을 주의 깊게 살필
저녁 시간이 있다. 창밖에서는 여름 꽃들이 떨어진다.

과거의 기억이 밀려든다. 나는 늘 그가 하려고 애썼던 일에는
어느 정도 일리가 있다고 생각했다. 이 나라는 강해져야만 한다.
나는 축음기에 바그너 음반을 올려둘 것이다
그러면 우리는 편안히 앉을 수 있다. 오늘 같은 밤에는
살아 있다는 것이 기쁘다. **나만의 「릴리 마를레네」.****

물론, 사람은 싸워야 했다. 내게는 아내가 있었다.
하지만 여기 어딘가에서 그가 우리와 함께 투쟁했다는 것을

---

* 히틀러 사망 38년 만인 1983년에 히틀러의 친필 일기장 62권이 발견되었다는 독일 함부르크 지방지 『슈테른』 신문사의 발표가 있었다. 결국 위조로 드러난 사기극이었다.

** 제2차 세계대전 중에 독일군과 연합군 양진에서 모두 유명했던 독일의 대중가요다. 87쪽 각주 *** 참조.

당신이 알게 될 거라고 생각한다. 와인을 좀더 마시겠는가?

다윗의 자손들이 죽었다는 것을 안다, 매우 잔혹하게 죽었다고

어떤 사람들은 말하지만, 모두 지난 일이다. 장미들이 만발해 있다.

우리가 섬들을 되찾았던* 방식을 보아라.

내 손주들은 어리고 분홍빛이 돌고

내가 자부심을 느끼게 한다. 그녀는 올바른 생각을 가졌다.

이 일기장들은 그가 해명할 기회가 될 것이다,

나는 일기장들이 진짜가 틀림없다고 확신한다.

그가 실수를 저지르지 않았다는 것은 아니지만, 우리는 그로부터

배울 수 있다. 잎갈나무 옆에서 해가 어떻게 지는지 보아라.

그리고 잊지 마라 신문의 흥밋거리들은, 전부 아주 금세 시들

해진다는 것을!

나는 유대인으로 사는 게 지옥이었다는 건 인정한다, 하지만

일기장들이 얼마에 팔릴 거라고 생각하는가? 백만 달러? 이백만?

---

* 포클랜드 전쟁을 말한다. 아르헨티나 남단에 위치한 포클랜드 제도의 영유권을
둘러싼 영국과 아르헨티나간의 군사 분쟁(1982)으로 영국이 승리했다.

미사일

고양이는 그 자신이에요.
콜리플라워를 생각해봐요,
그것에겐 조금의 악의도 없어요.
풀은 풀이고 풀을 길러요.
거미는 거미를 자아내요. 장미예요.
모든 것은 단지 그 자신이에요. 자라나요.

아빠, 아빠만 빼고요.

새들은 간단해요.
날개가 퍼덕거려요 새가 되어 날아가요.
하늘의 깃털들은 바로 새지요.
바다에서 번쩍거리는 것은 바로 물고기고요.
새 물고기 돌멩이는 이름을 읊조려요,
우리는 차이가 없어요, 우리는 같아요.

아빠, 아빠만 빼고요.

노오란 꽃 달린 수선화가

빛을 얼룩지게 해요. 빛은 태양으로부터 새어 나와요
밤까지요. 아티초크와 버섯은
정지할 때까지 주기를 바꿔요. 축축한 양토는
달에 흥얼거려요. 눈동자들이 조그만 양파들에
눈물이 나요. 보세요.

아빠, 아빠만 빼고요.

오렌지와 레몬이 노래해요 노래하는 미나리아재비와
데이지들을요. 쾅.
너희들은 다시 돌아오지 않을 거니?
내 진정한 사랑. 쾅. 두 마리 멧비둘기.
쾅. 고양이는 거미이고, 거미는 풀, 풀은
장미들, 장미들은 새 물고기 쾅.

쾅. 쾅.
아빠, 아빠만 빼고요.

포클랜드*에서 포커를
헨리와 짐과 함께

우리 셋이 포커를 치는 동안 바깥 실제 세계가
조커로 줄어든다. 그래서. 어떤 사람이
내게 퀸을 준다, 앞면이 위로 가게, 그리고 내기를 시작한다.
나는 천연덕스러운 얼굴로 엎어놓은 비장의 에이스를
살짝 본다. 내 맞은편에서

턱수염 기른 시인이 두 장의 킹에 거는 판돈을 올린다.
우리나라에서는 이렇게 합니다. 그러나 우리나라는 학살하기 위해
거대한 수중 탱크를 보내죠 그리고 내게는
또 다른 퀸이 있어요. 여왕들은 서로 사랑에 빠졌고
왕들을 퇴짜 놓는다, 다이아몬드거나 말거나.
조용한 남자가 기침하며 카드를 돌린다. 말 없는 세계 속에서

바퀴 속의 바퀴처럼 얽히고설킨 정세의 복잡함.

---

* 포클랜드 제도Falkland Islands: 포클랜드는 두 개의 큰 섬인 동·서 포클랜드와
200여 개의 작은 섬들로 이루어져 있다. 아르헨티나 남단에 위치한 티에라델푸에고
Tierra del Fuego 섬에서 동쪽으로 480km, 영국으로부터는 12,000km 떨어진 남대서
양에 위치한다. 포클랜드 제도의 영유권을 둘러싼 영국과 아르헨티나 간의 군사 분
쟁인 포클랜드 전쟁(1982)에서 영국이 승리해 현재는 영국령이다. 92쪽 각주 * 참조.

나는 두번째 에이스를 받았고 눈에 띄지 않게
눈썹을 들어 올린다. 잠수함이 돌고래들 사이에서
계속 윙윙거린다. 50 받고 50 더 건다
마지막 카드에. 헨리가 언제라도 방이 폭발할 수 있다고

우리는 알지도 못할 거라고 말하자
고양이가 불안해한다. 짐에게는 세 장의 잭이 있지만
내게는 세 장의 퀸, 두 장의 에이스 그리고 풀 하우스*가 있다.
아마도 언제라도 나의 풀 하우스는 폭발할 것이다
나는 알지도 못할 테지만. 기억하라
우리 중 하나는 이제 막 이기려고 한다. 하느님 맙소사.
하느님 이건 정말 끔찍한 게임입니다.

---

* full house: 포커에서 같은 숫자의 패가 각각 3장과 2장으로 된 수를 뜻하며, 이길
확률이 높은 쪽에 속한다. 또한 충만한, 가득한 집이라는 물리적 공간성을 나타내어
전쟁 상황에서의 폭발 직전의 공포와 긴장을 아이러니하게 담아내는 시어이다.

빌린 기억

그는 골대로 달려가던 것을 기억한다, 초여름에,
흰색 크리켓복을 입은 채. 그러고는 다음 장면까지는 흐릿하다
5번 자습실에서 해리 휘턴*과 나머지들과 함께 차를 곁들인
늦은 오후 식사를 했었지. 얼마나 까불었던가, 얼마나 재밌었던가
그 긴 학기들은.

　　　　　　그녀는 연못에서 스케이트 타던 것을 기억한다
그리고 조와 로리**가 빙판에서 넘어졌을 때 그녀가 얼마나
웃었는지를. 크리스마스 트리를. 난롯가에 앉아
뜨거운 럼주 펀치를 홀짝홀짝 마셨었지. 하지만 졸리고,
그래서 그림이 별로 선명하지 않다.

---

* 그레이프라이어스 학교(Greyfriars School): 1908년부터 1940년까지 작가 찰스 해밀턴이 쓴 코믹 소설 시리즈 "빌리 분터 이야기Billy Bunter Stories"의 무대인 허구의 영국 공립학교다. 1952년부터 1961까지 영국 BBC 방송의 텔레비전 드라마로 제작되어 방영되었다. 해리 휘턴은 이 이야기 속의 인물로 고아이며 잔인한 대령에게 훈육되고 후에 그레이프라이어스 학교의 학생이 된다. 학교 크리켓 팀의 주장이기도 하다.

** 네 자매의 성장을 그린 루이자 메이 올컷(Louisa May Alcott, 1832~1888)의 소설 『작은 아씨들』의 등장인물들이다. 조는 네 자매 중 작가를 꿈꾸는 둘째이고 로리는 이웃에 사는 소년이다.

아니면 그것은
한밤의 잔치에서였던가? 정어리 샌드위치 한 입, 그러고는
케이크도 한 입 속이 좀 좋지 않다고 느낄 때까지 줄곧 먹었지.
그는 자신이 럭비 상을 탔다고 확신한다, 그를 응원하던
동료들의 얼굴이 눈에 선하다.

그들의 선반 위에서
학교의 명예로운 물건들이 먼지를 뒤집어쓰고 있다.
이 허구들도 사실만큼이나 그들의 일부와 다름없다,
이거 정말 확실해요? 묻는다면
그들은 단언할 것이다.

텔레비전에서 전쟁과 봉기를 지켜보며,
그들은 촛불이 밝혀진 피난처에 있는 그들 자신을 본다,
그들을 견디게 도와줄 엄청난 과자 더미와 함께. **페어 플레이 밥과
좋은 사람 수***가 수년간 그들의 환상을 품고 소중히 보살폈다.
그리고 그들은 빌린 기억들을 실현할 것이다.

---

* 절대 속이지 않고 늘 원칙을 지키는 '페어 플레이 밥', 항상 친절하고 배려심 많
은 '좋은 사람 수'는 이상화된 전형적인 인물들로 실제 자아가 아닌 빌려온 기억들로
채워진 이상화된 자아이다.

슈팅 스타*

내가 더는 말할 수 없게 되자 그들은 우리 손가락을 부러뜨려
내 결혼 반지를 약탈해간다. 리베카 레이철 루스
아론 이매뉴얼 데이비드, 우리 모두의 이마에 새겨진 별들은
총을 든 남자들의 주시 아래에. 딸들을 애도하라,

동상처럼 꼿꼿하고, 용감한 딸들을. 너는 나를 보지 않았다.
너는 총알을 기다렸다. 쓰러졌다. **기억하라** 나는 말한다.
세계를 영원히 악하게 만든 이 처참한 날들을 기억하라.
누군가 내가 살아 있는 것을 보았다. 그가 그의 허리띠를

풀었다. 누더기처럼 찢기는 입 벌어지는 공포 속에서
맥없이 변이 나왔지. 시체들 틈새로 아이가 보였어.
군인들이 소리 내어 웃었다. 오직 며칠의 시간만이 이제 이것을
고문 행위로부터 떼어놓는다. 그들은 그녀의 눈에 총을 쐈다.

---

* shooting star: 지구의 대기권 안으로 들어와 빛을 내며 떨어지는 작은 물체인 '유성'을 뜻하지만, 유대인을 상징하는 '다윗의 별'(이 시에서 유대인들의 이마에 새겨진)을 쏘아 죽이는 잔혹한 학살의 현장을 'Shooting Stars(별 쏘기)'라는 제목에 담기도 했다. 나치는 유대인에게 왼쪽 가슴에 다윗의 별 표식을 달도록 명령했다.

완벽한 4월 저녁 무덤 옆에서 한담하며 담배 피우고 있는
젊은 남자들 틈에서 너는 어떻게 죽음을 각오하겠니?
내 맨발은 흙을 느꼈고 다리를 타고 오줌이 조금씩 흘렀다
딸깍 방아쇠 소리 들릴 때까지. 아직은 아니었다. 한 번의 농간.

헤아릴 수 없는 고통 후에 누군가 잔디밭에서 차를 마신다.
끔찍한 신음소리 후에 소년이 자신의 군복을 빤다.
역사 수업 후에 아이들은 그들의 장난감으로 달려간다 세계는
잠들어 뒤척인다 삽들이 흙을 퍼넣는다 사라 에즈라⋯⋯*

자매여, 바다가 우리를 갈라놓으면 너는 내게 마음 쓰지
않을 것인가? 그들에게 말하라 내가 철조망 안에서 저물녘에
옛 성가를 불렀다고 그리고 강인한 남자들이 눈물 흘렸다고.
주여 나를 되돌아보사 내게 자비를 베푸소서, 나는 외롭고 길
잃었나니.**

---

* 사라, 에즈라는 각각 히브리어로 된 여자와 남자의 이름이다. 홀로코스트 당시 흔
한 유대인 이름이었다.
** 「시편」 25장 16절 변용.

B급 영화

1947년에 「그 하겐 소녀 이야기」* 시사회에서, 남자 배우 로널드 레이건이 영화 속 일인칭 서술자가 되어 열아홉 살 셜리 템플에게 '널 사랑해, 결혼해줄래?'라고 말했을 때, 객석에서 '오, 안돼!'와 같은 비명이 터져 나왔다. 그 장면은 삭제되고 개봉되었다.

랩 디졸브.** 너는 남자가 형편없는 대화를 지껄이게 하고,
어느 날 남자는 네가 한 말을 취소하게 할 거야. 알겠니?
자 한 장면 찍어보자. 내 나머지 부분은 어디에 있어요? '오, 안돼!'

이제 상황이 달라졌다. 그는 광고지의 최상단을 차지했다,
별들의 전쟁, 박수갈채. 그가 그녀를 팔에 안는다.
나는 **진짜** 눈물 짜는 영화에 대해 말하고 있다. 정지 화면. '오,

---

* 1947년 제작된 미국 영화로 정확한 제목은 "That Hagen Girl"이다. 십대 소녀인 여주인공 메리 하겐(셜리 템플)은 남주인공 톰 베이츠(로널드 레이건)의 사생 딸이라는 마을 사람들의 수군거림을 믿으며 성장한다. 어느 날 생부로 믿었던 톰 베이츠가 마을로 돌아온 뒤 메리 하겐이 그의 사생아가 아닌 하겐 가정에 입양된 고아라는 것이 밝혀진다. 사랑에 빠진 두 사람은 기차를 타고 떠난다.

** lap dissolve: 장면을 바꿀 때 사라져가는 한 화면 위에 새 화면이 천천히 나타나게 하는 2중 영사 기법.

안돼!'

그의 명령으로, 기차가 여주인공을 쓸어버리고
영화의 마지막 부분은 없다. 그것이 마음에 드십니까?
내 동포 미국인들이여, 5분 남았습니다. '오, 안돼!'

명작. 그는 지독한 슬픔의 눈물을 짜내려고 양파를 쥐고 있다.
러시아만 한 크기의 크리넥스가 필요하다, 농담이 아니다.
언제든 원하면 저 애의 궁둥이를 가져라. 넵.

돌고래들

세계는 네가 헤엄치는 곳이다, 또는 춤추는 곳, 단순하다.
우리는 물속에 있지만 자유롭지 않다.
이 세계 밖에서는 오래 숨 쉴 수 없다.
다른 하나가 내 모습을 하고 있다. 다른 고래의 움직임이 나의
생각을 형성한다. 내 움직임도 마찬가지다. 한 사람이 있다
그리고 곡예용 고리들이 있다. 끊임없이 흐르는 죄책감이 있다.

우리는 이 물속에서 어떤 진실도 발견하지 못한다,
어떤 설명도 우리의 살갗에서 흔들리지 않는다.
우리는 축복받았었고 이제 우리는 축복받지 못한다.
대단한 공간을 수일 동안 여행한 후에 우리는 해석하기
시작했다. 그것은 같은 공간이었다. 그것은
언제나 같은 공간이다 그리고 그 위에는 사람이 있다.

이제 우리는 더는 축복받지 못한다, 세계는 꿈을 꾸도록
깊어지지 않을 것이기 때문이다. 다른 하나는 알고 있다
그리고 나 자신을 위해 사랑하는 마음에서 나를 비춘다.
우리는 우리의 은색 피부가 어딘가 다른 곳에 대한 기억처럼
휙 스쳐 지나가는 것을 본다. 그 사람이 사라질 때까지

우리가 균형을 유지해야 하는 채색된 공이 있다.

달이 사라졌다. 우리는 물의 낡은 리듬의 둘레를
단 하나의 음으로 돌아야 한다. 다른 돌고래의 심장에서 나온
영원한 상실의 음악이 내 심장을 돌로 바꾼다.
플라스틱 장난감이 있다. 희망은 없다. 우리는 침몰한다
이 수영장의 한계까지 호각이 불릴 때까지. 한 사람이 있고
우리의 마음은 알고 있다 우리가 여기서 죽을 거라는 걸.

다른 누군가의 딸

허공을 할퀴고 있다 (거기엔 아무것도 없다)
그녀는 끊임없이 눈*에 덮여, 산산조각 나고 있다, 그녀는
그녀의 부드러운, 하얀 팔을 바늘로 훼손한다. 그녀의
새끼 고양이가 한 잔의 차가운 피를 핥으며 마약으로 수축된
그녀의 파란 눈동자 한가운데를 비난의 눈으로 똑바로 응시한다.

피부 아래, 작은 화산들이 탄식하듯 불탄다.
그녀는 그것들을 화장으로 가린다, 가렵다, 우둘투둘 불거진다.
헤르페스**와 간염은 마음에서부터 다른 곳으로
여행을 시작한다. **항복**은 없다.
여윈 손이 슬쩍 도둑질할 때 씹***과 간에 발진이 돋는다.

대기실 벽에서 뱀이 그 자신을 꼬리부터,
잡아먹는다. 이게 네 마지막 기회야. 알아요.
왜 이러는 거니? 몰라요. 그녀는 암세포의 떨리는 사슬을

---

* snow: 속어로 분말 코카인, 헤로인 등의 분말 마약을 의미한다.

** herpes: 바이러스성 질병.

*** 원문은 cunt. 여성의 성기, 성교를 뜻하는 매우 경멸적, 공격적인 비속어.

피운다. 그녀는 모든 것을 삼켜버린다. 그녀는 듣는 사람을
기진하게 한다. 그녀는 그녀 자신을 꼬리부터 삼키고 있다.

어느 날 그녀를 사랑하는 사람들에게 남겨진 것은 아무것도
없을 것이다. 다른 누군가의 딸이 불법 거주 건물로 옮겨 갈 때.
그녀는 어린 시절 스냅 사진 한 장으로 오그라들 것이다
그녀는 더 이른 기억으로 오그라들 것이다. 부활절
달걀을 너무 많이 먹어치워 일주일 동안 아팠던 어린아이로.

건강한 식사

미식가는 마늘에 살짝 버무린 암소의 비밀스러운 꿈을 맛본다.
녹색 문 뒤에서, 소꼬리들의 휙 움직이는 소리가
도자기 접시 위에서 쇠약해진다. 여기 위시본*과
새끼손가락들이 있다, 손 씻는 물그릇**이 죄를 씻을 것이다.

금니가 콩팥에게 재잘거린다 또는 한때는 날았던 어떤 것의
가슴살에게 재잘거린다. 이 심장들은 사랑을 모르고
사프란*** 쌀밥 침대 위에 나무랄 데 없이
누워 있다. 클라레****는 무엇 같은가? 피.

6번 테이블 위에는, 아르마냐크*****에 푹 졸여진
혀들의 언어가. 젖먹이 돼지를 씹고 있는 여자는

---

* wishbone: 닭고기·오리고기 등 가금류의 목과 가슴 사이에 있는 V자형 뼈. 두 사람이 양 끝을 잡고 잡아당겨 긴 쪽을 갖게 된 사람의 소원이 이루어진다고 하여 이런 이름이 붙었다.

** 원문은 핑거볼finger bowl. 식사할 때 식탁에서 손가락을 씻을 수 있도록 물을 담아 놓은 그릇을 말한다.

*** saffron: 서남아시아가 원산지인 향신료.

**** claret: 프랑스 보르도산 적포도주.

***** armagnac: 프랑스산 브랜디의 일종.

틀림없이 그 후에 남편과 잠자리할 것이다. 다리,
등심과 가슴살이 순백의 천을 배경으로 매애 운다.

송아지를 송아지 고기로 바꿔라 네 번의 시도로. 이것이 바로
말의 힘이다, 나이프, 소의 양 , 허파, 샤퀴트리.*
뚱뚱한 남자가 **살짝 익힌 고기**를 주문한다 그리고 미세한 땀이
그의 얼굴에 육즙처럼 끼얹어진다. 증거를 지울 냅킨이 있다

그리고 도살장의 신음들에 재갈을 물릴 소스들이 있다. 메뉴는
최근의 죽음을 프랑스어로 열거한다, 그들이 내장, 가금육, 생선을
주문한다. 고기가 턱 아래 늘어진 살로 달려 있다. 트림한다.
죽음이 창자 안에서 이동한다. 당신이 먹는 것이 바로 당신이다.

---

* charcuterie: 돼지고기 식품점이나 식품을 뜻하는 프랑스어로, 고기와 부속물 등으
로 만든 육가공품을 총칭한다.

그런 다음 무엇을

그런 다음 그들의 손으로 그들은 빵을 찢을 것이다 흔들 것이다
목 조를 것이다 전화 걸 것이다 내리칠 것이다 실을 꿸 것이다

그런 다음 그들의 지친 손으로 무너지듯 앉을 것이다
테이블에서 그들의 머리를 쥐고

그런 다음 기쁜 손으로 다른 손을 잡을 것이다
또는 잠시 동안 살을 쓰다듬을 것이다 친절한 침대에서

그런 다음 그들의 손으로 삽을 쥐고
그들은 죽은 자를 묻을 것이다.

죽은 이들로부터의 편지

땅속에서 완벽한 대퇴골이 빛난다. 나는 약간의 고통을
그러고는 백 년의 먼지를 기억해낸다. 나의 기념일을 지켜라,
자줏빛 제비꽃을 무덤 앞에 부드럽게 놓아라. 꼭 해주길
바란다. 누구도 듣지 못한다, 피로 두드렸던 혹은 사랑으로
울렸던 심장이 흙으로 변하는 것을. 아마도, 지금쯤은,
네 슬픔이 더 적어졌을 것이다. 아직도 나를 기억하지 않는 한.

나는 일면식도 없는 사람들에게 보내는 비밀 전언을 실은
은비둘기들을 회색 하늘로 힘껏 날려 보냈었다. 그들이 일터에서
나에 대해 말한 적이 있는가 화장터에서 흐느낌이 있었는가?
사랑하는 아내여, 사랑하는 아이야, 나는 그대들이 나의 방을
정확히 그대로 두길 바란다. 담뱃대, 라디오 그리고, 물론,
크리켓 사진들을. 그들은 우리가 평화롭게 잠들었다고 말한다.

재이거나 양토이거나. 흩어졌거나 벌레들에게 슬슬 들볶이거나.
나는 가족 묘지 내 부모님 위에 누워 있고 나는 금속 통에
깔끔하게 들어맞는다 언제나 나 자신을 추모하며.
그들이 그의 옷을 나누어, 누가 어느 것을 차지할지
제비를 뽑더라.* 흑맥주 한 상자.

연어 샌드위치 먹으며 잡담. 보험외판원들.

하지만 여기서는 생각할 수 없다. 목소리-상자**가
잎사귀들의 해골을 흉내 낸다. 말은 흙 속에서 감지할 수도 없게
소리 없이 느리게 이동한다. 사랑이여, 나를 기억하라. 내게
이 단순한 생몰년도 너머 내 삶에 대한 이야기를 다오. 성가가
들렸는가 호화로운 장례차는?
　내내 영원토록 내 마지막 숨결 전에 그리고 죽음이 나를
이곳에 남겨둘 때 이 편지가 당신에게 가닿기를. 결국에는.

---

* 「마르코의 복음서」 15장 24절의 일부분이다. 구절의 맨 앞이 생략되었다. "(마침
내 그들은 예수를 십자가에 못 박았다. 그리고) 주사위를 던져 각자의 몫을 정하여 예
수의 옷을 나누어 가졌다."

** voice-box: 성대.

황홀
(2005)

이제 **사랑**의 이야기를 제외하고는, 다른 이야기는 없습니다.
이제 나는 **사랑**이라는 그 온전히 벌거벗은 이름만으로도
아침을, 저녁을, 점심을, 중단할 수 있습니다 그리고 잠을요.

— 셰익스피어, 「베로나의 두 신사」(II, iv, 137〜39)

너

초대받지 않은, 너에 대한 생각이 너무 늦게까지 내 머릿속에
머물렀다, 그렇게 나는 잠들었고, 열렬히, 열렬히 너를 꿈꾸었다,
입술에 흐르는, 눈물처럼, 연하고, 짠, 네 이름 부르며 나는
깨어났다, 마법 같고, 주술 같은 그 빛나는 음절의 소리.

                        사랑에 빠지는 것은
화려한 지옥, 끝장낼 준비된 호랑이처럼 웅크린, 목마른 심장,
살갗 아래는 불꽃의 격렬한 핥음. 나의 살아 있음 속으로,
살아 있음보다 더 크고, 아름다운, 네가 걸어 들어왔다.

나는 평범한 날들 속에 숨었다, 반복적인 일상의 긴 풀 속에,
위장僞裝 장소에. 내 시선 속에 너는 사지를 벌리고 누워 있다,
누군가의 얼굴로 물끄러미 나를 바라보며, 구름의 형상으로,
침실 문을 열면 넋을 놓고 나를 바라보는, 갈망하는,

지구에 사로잡힌 달로. 커튼이 흔들린다. 그곳에 네가 있다
침대 위에, 선물처럼, 만질 수 있는 꿈처럼.

문자

나는 이제 다친 새처럼
핸드폰을 어루만진다.

우리는 문자 한다, 문자 한다, 문자 한다
우리의 중요한 낱말들을.

나는 다시 읽는다 너의 첫 문자를,
너의 두번째를, 너의 세번째를,

기대하며 찾는다 너의 소문자 xx*를,
이런 나를 어리석게 느끼며.

우리가 보내는 부호들은
부러진 화음으로 도착한다.

나는 네 두 손을 마음에 그리려 애쓴다,
그것들의 이미지는 흐릿하다.

---

* '입맞춤과 입맞춤을'을 뜻한다. 'kiss kiss'의 줄임말.

내 엄지손가락들이 누르는 어떤 것도
결코 들리지 않을 것이다.

이름

언제 너의 이름이
변한 거지? 하나의 고유명사에서
이상한 마력으로?

그것의 세 개의 모음은
내 숨 줄기 위에서
보석처럼.

그것의 자음들은
내 입을 스친다
키스처럼.

너의 이름을 사랑해.
나는 그것을 말한다 다시 또다시
이 여름비 속에서.

나는 그것을 본다,
알파벳 속에 조심스레,
하나의 소망처럼.

나는 그것을 간절히 기도한다
밤이 깊도록
그것의 글자들이 환해질 때까지.

나는 너의 이름을 듣는다
운을 맞추는 것을, 운을 맞추는 것을
모든 것들과 운을 맞추는 것을.

숲

숲의 가장자리에 꽃들이 있었다, 위로 향한 꽃잎 속에
마지막 빛을 오므려 담은 채로. 나는 너를 따라 들어갔다,
  탄식하고 있는, 초조해하는 나무 아래로 그리고 나의 삶은 송
두리째 사라졌다.

달이 희미하게 반짝이는 천을 던졌다. 우리는 옷을 벗었고,
  다시 달의 드레스를 입었다. 나뭇잎 속에서 우리는 무릎을 꿇었다,
  입 맞추었고, 입 맞추었다, 신선한 단어들이 우리 가까이에서
바스락거렸고 우리는 황홀했다.

그렇지 않았니? 그리고 나는 네가 다시 일어나 더 깊은 숲으로
들어가는 것을 보지 않았니? 나는 계속해서 너를 따라갔다,
  저 꽃들이 어두워져 꽃잎들을 닫는 곳에서 내 어린 시절조차도
반딧불이의 빛으로 움츠러들 때까지.

내 젖가슴에는 가시들이, 내 입속에는 비, 내 맨발에는 양토가, 내
  등을 생채기 내는 거친 나무껍질, 나는 그 모든 것들로 인해 신
음했다.
  너는 냇물 속에, 허리까지 잠겨, 서 있었지, 나를 물속으로 끌

었고, 나는 헤엄쳤다. 너는 물이었고, 제 손을 비트는

나뭇가지들 속 바람이었다, 젖은 흙의 짙은 향내였다.

나는 지금 그곳에 있다, 숲에서 길을 잃고, 거대한 나무들 곁에 서 왜소해진 채로. 찾아줘 나를.

강

강가 저 아래, 나무 아래서, 사랑이 나를 기다린다
내 시간의 긴 여행으로부터 걸어와 내가 도착하기를.
나는 잎사귀들을 가르고 그것들은 내게 비의 축복을 던져준다.

강이 휘저어지고 회전한다, 젖은 손으로 저 스스로를
위로하고 애무하며, 투명한 팔다리들 갈라지고 오므려지며.
비밀 같은 잿빛, 왜가리가 강둑에서 머리 숙여 인사한다.

나는 과거를 풀밭에 떨어뜨리고 팔을 벌린다, 마치 이 무거운
하늘을 들어 올렸던 것처럼, 내 눈이 별들을 체로 거를 때
밤새도록 유리창을 밀고 있었던 것처럼 아픔을 느끼는 팔을,

말 없는 입을 벌린다, 마침내 사랑을 만나 마침내, 아주 긴 여행으로
말라버린 입을, 기도가 부족한 입을. 너는 그늘에서 걸어 나온다,
그리고 사랑이 내 품으로 와 내 입술을 덮는 것을 느낀다,

강을 누비듯이 날아가는 새처럼, 내 영혼이 급강하하여 그 자신을
내 피부 속에 안식하게 하는 것을 느낀다. 그러자 이제 나는 사
랑의 얼굴을 똑바로 바라볼 수 있다, 볼 수 있다

네가 누구인지 발견하기 위해 이렇게 멀리까지 온, 내 생의 사
랑을.

호어스*

네가 있던 곳에 지금 여기 내가 있다.
내 손바닥 아래 여름풀들은 너의 머리카락.
너의 맛은 살아 있는 공기.

등을 대고 눕는다. 곡예하는 두 마리 나비는 너의 미소.
황무지의 무성한 헤더** 숨결은 너의 냄새.
너의 이름은 암호로 된 종소리로 들린다.

네가 없던 곳은 그 어디도 가지 않으리.
짐승 뼈의 하얗게 바랜 움푹 팬 곳은 너의 목구멍.
저 높은 종달새, 네가 그것이 무엇이라고 생각했든.

그리고 이 골이 진 돌은 내 손 안의 너의 손,

---

* Haworth: 잉글랜드 서요크셔에 속한 마을이다. 브론테 자매의 마을이기도 하다.
『제인 에어 *Jane Eyre*』를 쓴 샬롯 브론테Charlotte Bronte, '바람이 휘몰아치는 언덕'이
라는 뜻을 가진 집의 이름이 소설의 제목인『워더링 하이츠 *Wuthering Heights*』(흔히
"폭풍의 언덕"이라는 제목으로 알려져 있다)의 저자 에밀리 브론테Emily Bronte,『아그
네스 그레이 *Agnes Grey*』의 앤 브론테Anne Bronte가 브론테 자매들이다.
** 영국의 황무지에 낮게 자라는 대표적인 관목식물로 늦여름에 피어나는 보라색
꽃이 황무지를 눈부시게 뒤덮는다.

그리고 회전하는 지구의 곡선은 너의 등뼈,
그리고 꽃에 취해 황홀해하는 벌들은 너의 노래.

나는 일어나 걷는다. 졸고 있는 산허리는 너의 꿈꾸는 머리.
조약돌들은 네가 말했던 모든 말들.
내가 곁에 무릎을 꿇고 있는 무덤은, 오직 너의 침대.

시간

사랑은 시간의 걸인, 그러나 단 한 시간이라도,
떨어뜨린 동전처럼 빛나서, 사랑을 부자로 만든다.
우리는 함께하는 시간을 내어, 그 시간을 보낸다
꽃도 와인도 아닌, 여름 하늘 전부와 풀 도랑에.

수천 초 동안 우리는 키스한다, 땅 위의 보물 같은
너의 머리카락, 너의 팔다리를 황금으로 바꾸는
미다스*의 빛. 시간이 느려진다, 여기에서
우리는 백만장자가 되어, 밤을 뒤로 밀어 보내고

그래서 어떤 어둠도 우리의 반짝이는 시간을 끝내지 못하도록,
어떤 보석도 네 귀에 스치는 풀잎에 매달린
거품벌레가 남겨놓은 거품보다 아름답지 않다,
　어떤 샹들리에에도 어떤 환한 조명도 여기보다 너를 더 밝게 비
출 수 없다.

---

* Midas: 그리스 신화에 나오는 프리기아Phrygia의 왕. 디오니소스Dionysos에 의해
손에 닿는 모든 것을 황금으로 변하게 하는 능력을 얻었으나, 먹으려는 음식이나 사
랑하는 딸마저 황금으로 변하자 다시 디오니소스에게 빌어 그 능력을 버렸다고 한다.

지금. 시간은 사랑을 미워한다, 시간은 사랑이 가난하길 원한다,
그러나 사랑은 지푸라기로 황금을, 황금을, 황금을 잣는다.

그네

누군가 가지에 밧줄로 고리를 묶어
강가 자작나무에 투박한 그네를 만들어놓았다.
우리는 그것을 지나, 걷고 걸어 우리의
새로운 사랑 속으로, 부드럽고 견딜 수 없는 갈망의 여명들
안개가 미끄러져 내리는 물의 면사포처럼 드리워진 곳,
강의 굽이에서 샴페인처럼 거품 뿜내며 풍성하게 흐르는 곳으로.

내가 확신하는지 너는 물었다, 맞은 편 강둑이 결혼식 하객들처럼
즐거운, 캐나다 거위들로 붐빌 때. 그래,
나는 확신해, 내 머릿속에서 솟구치는 환상처럼, 이제 너로부터
멀리서, 네가 그네에 올랐던 그 순간을, 그네를 밀어 저 멀리
은빛 공기 속으로, 끝없는 긍정의 파랑 속으로 나아가던 순간을,
지상의 천국에서 온 무언가처럼, 낙원에서 온 무언가처럼.

비

백 년 동안 이처럼 덥지 않았다.
내가 가고 있는 곳에 네가 있었다. 나는 눈물을 흘리고 있었다.
나는 내 마음을 동료들의 판단에 맡겼다.

정원에는 한 세기의 열기, 사랑처럼 맹렬한.
너는 내가 떠나야만 했던 날에 돌아왔다.
나는 내가 살아야 했던 풍성하고 부유하며 바쁜 삶을 흉내 냈다.

지옥보다 더 뜨거웠다. 낮에도 밤에도 너를 애타게 그리워했다,
어둠의 거대한 입 속에서, 약간의 빛 속에서,
네 몸을 약간 잘못 이해하기도, 약간 옳게 이해하기도.

나는 타오르는 듯한 오렌지색, 불꽃 빛깔 장미를, 심었다,
마지막 물을 주고, 네 이름을 부여했다.
장미는 완전한 운rhyme을 이루며 태양을 향해 붉게 솟아올랐다.

그리고 비가 왔다, 망설이는 키스처럼 내 목덜미로
먼저. 나는 움켜쥔 손을 펼쳤다
비가 그 입술로 애무할 수 있게. 나는 얼굴을 위로 드러냈다,

그리고 물이 내 입에 넘쳐흘렀고, 내 머리에 세례를 베풀었다,

그리고 머리 위로 비구름들이 한밤처럼 몰려들었다,

그리고 침대로 다가오는 연인처럼 비가 내렸다.

부재

그 후, 노래로 새벽을 수놓는 새들이
네 이름에 무늬를 새긴다.

그 후, 빛으로 가득 찬 정원의 초록 수반은
너의 시선이다.

그 후, 스스로 길어지며 따듯해지는 잔디는
너의 피부다.

그 후, 하늘 높이 스스로를 드러내는 구름은
너의 펼쳐지는 손이다.

그 후, 교회의 첫 일곱 종소리는
못내 그리워하며 울린다.

그 후, 내 얼굴을 부드럽게 깨무는 태양은
너의 입이다.

그 후, 장미 속 벌 한 마리는 여기 있는 나를 만지는 너의 손끝이다.

그 후, 구부러지고 이파리가 꼭 맞물린 나무들은
우리가 하려는 것이다.

그 후, 강으로의 내 걸음은 땅에 인쇄된
기도 문구.

그 후, 너의 모습을 찾으려 둑을 탐색하는 강은
욕망이다.

그 후, 물의 목구멍에 입을 비벼대는 물고기는
연인의 안락함을 가졌다.

그 후, 풀밭에 떨어진 햇빛의 숄은
버려진 옷이다.

그 후, 갑자기 흩뿌리는 여름비는
너의 혀다.

그 후, 떨리는 잎에 멈추어 선 나비는
너의 숨결이다.

그 후, 땅 위에서 편안해진 엷은 안개는

너의 자세다.

그 후, 체리 나무에서 풀밭으로 떨어지는 열매는
너의 입맞춤, 너의 입맞춤.

그 후, 하루의 시간들은 내가 황홀경에 빠진 너를 바라보는
공중의 극장이다.

그 후, 하늘에서 내려오는 햇빛은
네 등의 길이이다.

그 후, 옥상 너머 저녁 종소리는
연인들의 서약이다.

그 후, 달을 사모하느라, 하늘을 응시하는 강은
나의 긴 밤이다.

그 후, 우리 사이의 별들은 빛나기를 간절히 재촉하는
사랑이다.

내가 비록 죽어

내가 비록 죽어,
내 뼈들이 깊고, 회전하는 땅속으로
떨어뜨린 노처럼
떠돌아다닌다 해도,

혹은 물에 빠져 죽어,
내 두개골이
어두운 해저에서
귀 기울이는 조가비라 해도,

내가 비록 죽어,
내 심장이
붉은, 붉은 장미를 위한
푹신한 뿌리덮개라 해도,

혹은 불타버려,
내 몸이
바람의 얼굴에 던져진,
한 움큼의 모래라 해도,

내가 비록 죽어,
내 눈이,
꽃들의 뿌리에 눈멀고,
울고 울어서 무無가 된다 해도,

결단코, 그대의 사랑은
나의 무덤에서
나를 부활시키리라,
나의 살아 있는 살과 피로,

나사로*처럼,
이것에 굶주린 채,
그래 이것, 바로 이것,
그대의 살아 있는 입맞춤에.

---

* 「요한의 복음서」 11장, 라자로의 부활을 뜻한다. 죽은 지 4일 만에 예수가 다시
살렸다. 공동번역성서에는 '라자로'로 표기되어 있으나, 일반적으로는 '나사로'라고
불린다.

세계

세계의 반대편에서,
당신은 내게 달을 건네줍니다,
애정 어린 컵*이나,
양쪽에 손잡이 달린 얕은 술잔**처럼.
나는 당신에게 해를 굴립니다.

당신이 세계의 반대편에서
깨어나고 있을 때,
나는 잠자리에 듭니다.
당신은 별들을 흩뿌립니다
여기 나를 향해, 대지에

씨앗처럼요.
밤새도록,
나는 당신에게

---

* loving cup: 결속의 상징으로 돌려가며 나누어 마시는 큰 손잡이가 둘 달린 술잔으로, 결혼식이나 예식에 주로 쓰였다. 오늘날에는 우승컵으로 많이 쓰인다.
** quaich: 두 사람이 혼례의 첫 술을 나누는 양쪽에 손잡이가 달린 얕은 스코틀랜드 술잔. 결속과 사랑, 신뢰를 상징한다.

구름송이들과 구름 꽃다발을
세계의 반대편으로 보냈습니다.

그러니 내 사랑은 당신이 계신 곳의
그늘이 될 것입니다,
그리고 내가 잠결에 돌아누울 때,
당신의 사랑은,
별의 꽃봉오리일 것입니다.

손

네게서 멀리, 나는 공기와 손잡는다,
마음속에 떠올린, 만질 수 없는 너의 손. 내가 걷자
거기에 없는, 네 손가락들이 내 것과 깍지 낀다.
멀리 내 심장 속에서, 너는 이야기하기 시작한다.

적갈색 잎사귀들을 걷어차며, 나는 공기를 꽉 쥔다,
모든 것들이 갑자기 금빛으로 보인다. 나는 절반쯤 믿는다
네 손이 내 손을 잡고 있다고, 네가 여기
있다면 그랬을 것처럼. 내 심장 속에서

너는 뭐라고 말하는 거니? 나는 들으려 머리 숙이고, 그러자
네 손이 다가와 내 머리카락을 쓰다듬는 것을, 바람이 조바심 내는
저 위 나무들을 어루만지고 있는 것만큼이나 또렷하게 느낀다.
이제 나는 너를 선명하게 들을 수 있다, 사랑을 말하고 있는 너를.

황홀

온종일 네 마음에 떠오른, 나는 너를 생각한다.
새들은 나무의 은신처에서 노래한다.
비의 기도 위로, 구획되지 않는 파랑은,
낙원이 아니다, 끝없이 아무 데도 가지 않는다.
우리가 줄지어 죽음을 기다리며, 시간에 갇혀 머무는 동안에,
어떻게 우리의 삶이 우리 자신으로부터 멀어질 수 있지?
아무것도 우리의 나날의 무늬를 바꾸지 않을 것 같은데,
아무것도 그 운rhyme을 바꾸지 않을 것 같은데
우리가 상실을 더없는 기쁨과 음을 일치시켜 만드는 그 운을.
그러다 비 온 뒤 지상에서 천상으로의
새들의 돌연한 비행처럼, 사랑이 온다. 떠올린
너의 키스는, 진주알 같은, 이 말의 사슬을 풀어준다.
거대한 하늘이 우리를 연결하여, 여기와 저기를 잇는다.
생각하는 대기에는 욕망과 열정이.

애가

그때 무덤가를 걸어가는 누가 알 것인가,
너의 뼈들이 부서지기 쉬운 것들이 될 그 무덤가를 걸어갈 때—
너의 목에서 획 내려앉은 여기 이 뼈와,
내 손바닥 움푹한 곳에 완벽하게 들어맞는, 이 뼈, 그리고
내 입술로 세어보는 이 뼈들, 그리고 너의 두개골,
지금 베개 위에서 꽃 피어나는, 그리고 작은 반지들을 낀
아름다운 너의 손가락들,—역사를 배회하는, 그 사랑이,
너의 시간에서 너를 골라냈다는 것을?

　　　　　　사랑이 너를 가장 사랑했다, 불꽃으로
너를 밝혔다, 재능처럼, 네 살갗 아래. 네가 너의 낮과 밤을
여행하게 했다, 축복받은 너의 살, 피, 머리카락,
마치 그것들이 대기를 기쁘게 하기 위해 네가 입은 사랑스러운
의복인 것처럼. 누가 짐작할 수 있을까, 만일 너의 비석을
읽거나, 엄지손가락으로 너의 생몰 연대의 자국들을 누른다면,
내가 살아 있었다면, 너의 뼈 위에 자란 잔디 위에 누워 있을 텐데
내가 너의 포즈를, 너의 무한한 아름다움을 충실히 닮을 때까지?

말다툼

그러나 우리가 다투었을 때,
방은 흔들렸고 맥없이 무릎을 꿇고 주저앉았습니다,
공기가 상처를 입었고 멍처럼 검붉어졌습니다,
태양은 하늘의 대문을 쾅 닫고 도망쳤습니다.

그러나 우리가 다투었을 때,
나무들은 울며 그들의 잎을 버렸습니다,
그날은 우리의 삶으로부터 시간들을 거칠게 뜯어냈습니다,
이불과 베개들은 침대 위에서 스스로를 죽죽 찢었습니다.

그러나 우리가 다투었을 때,
우리의 입은 알지 못했습니다 어떤 입맞춤도, 어떤 입맞춤도,
어떤 입맞춤도,
우리의 심장은 우리의 주먹 속에서 뾰족한 돌멩이였습니다,
정원은 죽은 자들에게서 자란, 뼈들을 틔웠습니다.

그러나 우리가 다투었을 때,
당신의 얼굴은 글자들이 지워진 페이지처럼 텅 비었습니다,
내 손은 스스로를 꽉 쥐어짰고, 동사처럼 불탔고,

사랑은 돌아서서, 도망쳤습니다, 그리고 우리의 머릿속에서 움츠러들었습니다.

쿠바

이 웅장한 호텔의 침대에서 일어나
옷을 입는 일은 없다, 스스로를 지워 없애는
예술 작품처럼. 네가 떠나며 룸서비스 쟁반에서
붉은 장미를 들어 올리는 일은 없다,
마치 무덤가로 걸어가
장미를 던질 것처럼. 침대 옆 램프의
은은한 빛 속에서 김이 빠져가는 샴페인은 없다,
빛을 향해 헤엄치는 광란의 거품도.
욕실 바닥에 수의처럼, 흩어져 있는, 하얀 타월은 없다.
거기 거울에는 손가락으로 심장과 화살, 이름을 흐리게 그려 넣을
금세 사라질 김이 서려 있지 않다. 네 개의 손 사이에서 문지를
부드러운 비누는 없다. 플란넬 수건은 없다. 미래 계획은 없다.
승강장의 검정 택시도, 슬픈 영구차도 없다. 늘어선 줄이 없다.
이것에서 벗어날 일은 없다. 굿나이트 키스는 없다. 쿠바는 없다.

차

나는 네게 차 따르기를 좋아한다, 무거운
찻주전자를 들어 올려, 기울이기를,
그래서 향기로운 액체가 너의 찻잔에서 뜨겁게 피어오르는 것을.

혹은 네가 멀리 있거나, 일터에 있을 때,
나는 컵을 감싸 쥔 네 두 손을 떠올리기를 좋아한다 네가 한 모금
마실 때, 한 모금 마실 때, 네 입술에 스치는 희미한 미소를.

나는 그 질문들을 좋아한다─설탕은요? 우유는요?─
그리고 아직, 외우지 못하는,
네 눈에서 네 영혼을 바라보느라, 잊어버리고 마는 그 대답을.

재스민, 건파우더, 아삼, 얼그레이, 실론,
나는 차의 이름들을 사랑한다. 어떤 차를 마시겠어요? 나는 말한다,
하지만 아무 차나요, 당신을 위해서는, 부디, 아무 때나요.

여자들이 산비탈에서 거두어들인다,
가장 감미로운 잎들을 얻으려, 우이산에서,
그리고 홀딱 반한, 나는 너의 연인, 너의 차를 내리고 있다.

약혼

나는 당신의 것이 되겠습니다, 당신의 것이.
나는 삽을 쥐고
황무지를 걷겠습니다.
내가 당신의 신부가 되게 해줘요.

나는 용감하겠습니다, 용감하겠습니다.
나는 나 자신의 무덤을 파고
눕겠습니다.
내가 당신의 것이게 해줘요.

나는 선량하겠습니다, 선량하겠습니다.
나는 진흙 담요 속에서 잠들겠습니다
당신이 그 위로 무릎을 꿇을 때까지요.
내가 당신의 사랑이게 해줘요.

나는 영원히 곁에 있겠습니다, 영원히.
돌멩이로 지은 드레스를 입고,
물에 잠겨 강을 건너겠습니다.
내가 바로 그 사람이게 해줘요.

나는 순종하겠습니다, 순종하겠습니다.
서약으로 입을 깨끗이 가시며,
나는 멀리 흘러갈 것입니다.
내가 당신의 배우자이게 해줘요.

나는 예라고 말하겠습니다, 예라고 하겠습니다.
드레스를 입은 채 물의 침대 위에
팔다리를 벌리고 누울 것입니다
내가 결합되게 해줘요.

나는 당신의 반지를 끼겠습니다, 당신의 반지를.
불길 속에서
나는 춤추고 노래하겠습니다.
내가 당신의 이름이게 해줘요.

나는 욕망을 느끼겠습니다, 욕망을요.
나는 불 속에서 피어나겠습니다.
나는 아기처럼 얼굴을 붉힐 것입니다.
내가 당신의 숙녀이게 해줘요.

나는 맹세합니다라고 말하겠습니다, 맹세한다고요.
나는 항아리 속의 재가 될 것입니다, 당신이
내 삶을 흩뿌릴 수 있게요.

내가 당신의 아내이게 해줘요.

브리지워터 홀*

다시, 장막처럼 우리 사이에 끝없이 내리는
북부의 비. 오늘 밤, 나는 네가 어디 있는지 정확히 알고 있다,
몇 열, 몇 번 좌석인지. 나는 나의 뒷문에 서 있다.
공해처럼 너무 많은 불빛이 모든 별빛을 가린다.

그저 비를, 젖은 그리고 거짓 없는 비를 느끼려고, 손을
내밀고 있다. 비가 손바닥에 쏟아져 떨어진다,
끊어진 묵주. 너에 대한 헌신은 나에게
콘서트 홀을, 불 켜진, 도시의 다른 쪽을 보여준다,

그리고 네가 그곳을 떠나는 것을 보여준다, 어둠 속 수백 명 중
한 사람, 들어 올린 네 검은 우산. 비가 낱말이라면, 말할 수 있다면,
어떻게든, 네 살갗에 닿아, 말할 것이다, 위를 봐, 네 얼굴에서
비가 말하게 두렴. 이제 들어봐 너를 향한 내 사랑을. 이제 걸어가렴.

---

* Bridgewater Hall: 잉글랜드 맨체스터 시에 있는 콘서트홀.

연인들

가여워하렴 연인들을,
높은 방으로 올라가는 그들을,
침대와, 온화한
램프들이 기다리는 곳으로,
그리고 그들은 그들의 삶이라는 배에서 내린다.
깊은 밤의 물결이
창문에 출렁인다.

시간은 슬며시 떠난다
배로부터 멀어지는 육지처럼.
달, 그들 자신의 죽음이,
그들을 따라간다, 추운,
담요를 덮고도 추운 그들을.
가여워하렴 연인들을, 집 없는 그들을,
항해해 갈 나라 없는 그들을.

가을

짧은 나날들. 잎사귀들이 추락하고 있다
땅의 사선死線으로, 신화의 책장처럼

황금색으로 빛나며. 나는 느낀다 싸늘한 지구가
태양으로부터 추락하는 것을, 빛의 심장이 딱딱해지는 것을.

나도 추락한다, 마치 머리 위 반짝이는 비행기에서 떨어지듯,
거꾸로, 맹렬한 푸른색을 통과하며, 비록 나는 그저 누워 있지만

가을의 끝자락에, 우리의 외투를 깔고, 네 품에 안겨,
네가 내 안에서 움직일 때 나는 누레지는 풀 한 움큼 움켜쥔 채,

추락한다 추락한다 추락한다 네게, 너의 관능적인 중력을 향해.

배

결국,
그것은 소년의 장난감 보트에
지나지 않았다
내가 너와 함께 걸었던,
지역 공원 호수에 떠 있던.

하지만 나는 무릎을 꿇었다
그것이 도착하는 것을 지켜보려고,
그것의 하얀 돛
호박빛으로 수줍다,
늦은 태양이
배를 들어 올린
물결을 황동빛으로 물들인다,

나의 배가 들어오고 있다
환희의 화물을 싣고서.

사랑

사랑은 재능이다, 세계는 사랑의 은유.
새빨갛게 불타는, 시월의 잎들 바람을, 바람의 절박한 호흡을
흠모하며, 잎들 자신의 죽음으로 소용돌이친다.
여기에 없다, 너는 도처에 있다.

                         저녁 하늘은
땅을 숭배하고, 짓누른다, 땅은
어두워지는 언덕들에서 다시 하늘을 갈망한다. 밤은
연민, 밤의 눈동자 속 별들은 눈물을 위한 것. 여기에 없다,

너는 내가 서 있는 곳에 있다, 해변에 열광하는,
바다를 들으며, 달이 지구를 몹시 그리워하여 애타는 것을
바라보며. 아침이 오면, 열렬한, 태양이,
나무들을 황금으로 뒤덮는다, 너는 걷는다

                              내게로,
그 계절 밖으로, 빛 밖으로 사랑이 사유한다.

주다

내게 줘 숲을, 너는 말했다, 우리의 바로 첫날밤에.
나는 침대에서 일어나 밖으로 나갔다,
내가 돌아왔을 때, 너는 귀 기울였고, 매혹되었다,
내가 들려주는 텅 빈 그림자 같은 이야기에.

　　　　　　　　　　내게 줘 강을,
다음날 밤 너는 청했다, 그러면 나는 널 영원히 사랑할 거야.
나는 네 품에서 미끄러져 나와 사라졌다,
그리고 내가 돌아왔을 때, 너는 들었다, 새벽에,
내가 들려주는 반짝이는 이야기를.

　　　　　　　　내게 줘, 너는 말했다,
태양으로부터 금을. 세번째 날에, 나는 일어나 옷을 입었다,
집에 돌아왔을 때, 너는 내 가슴 위에 엎드려 누웠다
내가 들려주는 눈부신 이야기를 들으려.

　　　　　　　　　　내게 줘
산울타리들을, 들판을 내게 줘.
나는 우리 이불의 온기에서 빠져나왔다,

내가 돌아와, 키스로 잠든 너를 깨웠고,
너는 내가 들려준 이야기에 살짝 뒤척였다.

내게 줘 달의 은빛 차가움을.
나는 장화를 신고 코트를 입었다,
그러나 내가 돌아왔을 때, 네 목을 비추는 달빛은
내가 들려주는 창백한 이야기보다 더 밝게 빛났다.

내게 줘 나무 속 바람을,
너는 울부짖었다, 우리의 여섯번째 밤에.
내가 떠날 때 너는 벽으로 몸을 돌렸고,
집에 돌아왔을 때, 나는 보았다 내가 들려주는
거세게 몰아치는 이야기에 귀 기울이지 않는 너를.

내게 줘 하늘을, 하늘이 담을 수 있는
모든 공간을. 나는 너를 떠났다, 우리가 사랑을 나눈 마지막 밤에,
그리고 내가 돌아왔을 때, 너는 금과 은, 강과 숲,
들판과 함께 사라졌다,
그리고 이것이 내가 들려주었던 이야기다.

권총 빨리 뽑아 쏘기*

나는 핸드폰과 무선 전화기, 두 대를 늘 끼고 있다,
내 바지 뒷주머니에, 권총처럼. 나는 오로지 혼자다.
네가 전화 걸면, 빨리 뽑아 든다, 네 목소리 총알처럼 내 귀에
박히고, 내가 신음하는 소리가 들린다.

                              너는 내게 상처 입혔다.

다음번에, 너는 신호음 뒤에 말한다. 나는 전화기를 획 돌리다가,
내 혀의 방아쇠를 꽉 당긴다, 표적에서 멀리 빗나간다.
너는 한 지점을 골라, 나를 날려버린다

                              심장을 관통하여.

그리고 이것은 사랑이다, 정오이고, 재난이다, 오래된
마지막 기회 살롱**의 독한 술이다. 나는 핸드폰을
판사에게 보여준다, 내 장화 속에, 다른 하나는

---

* 원제는 Quickdraw로 권총을 권총집에서 빨리 뽑아 먼저 정확히 표적을 맞추는 사람이 이기는 경기나 결투를 말한다.

** Last Chance saloon: '마지막 기회'란 의미. 19세기 미국 국경 지역에 생겨난 술집들이 알코올 제한 지역으로 넘어가는 사람들에게 마지막 음주 가능 업소임을 어필하여 장사하던 것에서 유래한 표현이다.

숨겼다. 너는 한꺼번에 두 대의 전화에 문자한다. 나는 휘청인다.
무릎 꿇고, 더듬어 전화를 찾는다,
네 입맞춤의 은 총알*들을 읽는다. 이 총알 받아라……
자 이것도…… 어디 이것…… 그래 이것도…… 그리고 이
것도……

---

* silver bullet: 묘책, 특효약이라는 의미를 가지고 있다.

단어 찾기

서랍 뒤쪽에서, 검은 천에 싸인
단어들을 발견했습니다, 죽은 여자의 손에서
미끄러져 나온 세 개의 반지처럼, 차고
윤기 없는 금. 전에 그것들을 쥐었던 적이 있습니다,

여러 해 전이었지요,
그게 뭐였는지도 잊어버리고, 치워버렸죠
나는 말하기 위해 그것들을 사용할 수 있었습니다. 첫 반지를
내 입술에 대었습니다, 두번째를, 세번째를, 혼배 성사처럼,
서약처럼, 키스처럼요,

그리고 내 숨결이
그것들을 따듯하게 데웠습니다, 이 말을 하기 위해 필요했던, 작고,
아주 사소한 단어들을요. 손바닥에서 반짝반짝 빛날 때까지 문
질렀습니다—
사랑해요, 사랑해요, 당신을 사랑해요—
마치 말해질 때마다 새로운 것처럼요.

12월

한 해가 점점 줄어들며 빛난다.
12월의 붉은 보석으로,
내가 태어난 달.

하늘은 얼굴을 붉힌다,
제 붉은 뺨을
반짝이는 들판에 듬뿍 칠한다.

황혼이 소의 무리를 감싼다.
그들의 실루엣은
신념처럼 단순하다.

이 밤들은 선물,
우리가 가진 것을 보려고
어둠을 끄르는 우리의 손.

기차가 빠르게 달린다, 황홀하게,
나의 빛나는 별,
네가 있는 곳으로.

은총

그런 후, 갑작스럽고, 수월한 탄생처럼, 빛으로 표현된
은총이― 부드러워지고 있는 대지에,
아침 하늘 밖으로 느리게
뒤로 물러나는 달, 우리가
은빛 강의 가장자리, 기름 부음 받은, 왜가리 사제 가까이로
도착해 무릎을 꿇기 위해 걸린 어두운 시간들을
보상한다, 우리가 바라던 것이―주어진 채로.

새해

끝나가는 한 해를 숄처럼 내 뒤로 떨어뜨려
흘러내리게 둔다. 다급한 불꽃놀이는 스스로를
밤의 품에 내던진다, 욕망의 꽃들, 사랑의 열렬함.
내 주위 공간 밖, 여기에 서서, 나는 내 몸에 닿는 네 부재하는
몸을 빚는다. 부드럽게 감싸는 공기로서 너는 나를 만진다.

가장 멀리, 가장 가까이, 너의 팔은 나를 안고 있는, 어둠이어서,
　나는 뒤로 기대어, 빛을 비춰 말하고 있는 하늘의 입술을 읽는
다, 음절로 이루어진 별빛들을.
　마침내, 나는 본다, 별들이 우리 안에서 기도하는 것을. 너의 숨은
내 살갗에, 살아 있는, 자정의 숨결이다, 우리 사이의 수 마일을,
　들판과 고속도로와 도시들, 불이 켜진 수백만 개의 작은 집들
을 가로질러.

우리가 가진 이 사랑, 거꾸로는 슬픔인, 완전한 운rhyme, 잘못된 장소,
　잘못된 시간, 손을 위한 감미로운 일, 심장의 소명, 새해를 인
도하는
　번쩍이는 불빛들, 아주 먼 하늘의 검은 바다 위 낮과 밤들을.
　너의 입술은 이제 내 입술에 내리는 눈이다, 서늘하고, 은밀한,

첫 키스, 하나의 서약.

시간이 나린다 나린다 끝없는 공간을 지나, 우리가 있는 때로.

차이나타운

글로 쓰면서, 내가 그 소리를 얼마나 좋아하는지 알게 된다.
차이나타운. 차이나타운. 차이나타운.
우리는 길을 따라 걸었다, 원숭이 해의 날,
딤섬과 용들의 넘실거림.

너의 금발 머리는
인파의 입에 든 진주*였다. 만일 사랑이
소리로 표현될 수 있다면, 불꽃놀이는 사랑만큼이나
소란스러웠다. 우리들의 소원을 비는 아이들은 모래 사발 속에
그들의 향을 꽂았다

차이나타운에서, 아이들의 머리 위로
차츰 사라지는 연기는 물음표 같았다. 만일 내가 무엇을
빌었는지 말했더라면, 만일 말해달라고 네게 청했더라면,
네 심장에서 올라와

---

* 여의주를 의미한다. 용의 턱 아래에 있는 영묘한 구슬, the magic pearl. 넘실거리는
인파 속의 너의 이미지가 구불거리는 용이 문 여의주로 표현되었다.

네 입술로 흘러나온 그 소원들을,
적어도 나는 네가 내는 그 소리라도 들을 수 있었을 텐데,
그러면 우리가 차이나타운, 차이나타운, 차이나타운에서,
빌었던 그 어떤 것도 결코 이루어지지 않을 테지만.

겨울나기

하루 종일, 느린 장례 행렬이 비를 가르며 나아갔다.
우리는 다시 한번 해냈다
사랑을 고통으로 바꾸는 그 속임수를.

회색이 점점 희미해져 암흑이 된다. 별들이 거짓말을 시작한다,
잃을 것이 없다.
나는 옷 아래에 추위라는 수의를 입고 있다.

밤이 제 주먹 안에 달을, 돌을 꽉 쥔다.
던져버리고 싶다.
나는 내 휴대폰의 작고 딱딱한 몸체를 꽉 쥐고 있다.

새벽이 새들의 횡설수설로 나를 조롱한다.
너의 말이 들린다,
내 머릿속에서 깨진 화음처럼 연주되는 말들이.

*

정원은 긴장해서, 얼굴을 묻고 눕는다, 상실한 채,

잎을 흘리며 운다.
식물들의 라틴어 이름은 믿음처럼 흐릿해진다.

내가 얼음 위를 걷자, 얼음이 찡그리며, 부서진다.
내 모든 실수는
꽉 잠긴 내 얼굴 속에 꽁꽁 얼어 있다.

헐벗은 나무들이 팔을 뻗어, 간청하고, 애원한다,
잊을 수 없다.
구름이 제 무게의 버거움으로 축 늘어진다.

쓰라린, 배신감으로, 바람이 집에 비명을 지른다.
가죽이 벗겨진 듯 적나라하게 드러난 하늘,
달은 손톱, 물어뜯겨 닳은.

*

또 다른 밤, 슬쩍 내리는 눈.
너는 오고 간다,
그 아래 연애편지 같은 네 발자국.

그리고 무언가 이동한다, 어떤 다른 곳으로 시야를 벗어난다,
숨겨진 화물
아침이 빛의 물결에 실어 온.

흙은 망설인다, 불쑥 녹색을 내민다,
그래서 일어났던 일은
일어날 일로 번역된다. 확실하고, 보이지 않는,

고통이 다시 사랑으로 되돌아가듯이, 이렇게,
너의 꽃 키스,
그리고 겨울은 누그러지고 녹는다, 저항할 수 없다.

봄

봄의 사면赦免이 온다, 공기의 감미료,
한 시간 더 일찍 밝아지는 빛,
꽃들의 속삭이는 색채 속에 부여된, 용서로서의 시간,
비의 만트라,* 사면, 사면, 사면.

밝아지는 실내에서 깨어난 연인들은 무언가가 그들을
안고 있다고 믿는다, 그들이 서로를 안고 있을 때,
일종의 은총과, 부드러운 포옹 속에, 도둑질한 시간과
불가피한 거짓말들의 사면 속에서. 그리고 이것은 지혜롭다,

음악의 금이 새의 닳아서 해진 지갑에 담겨 있음을 아는 일은,
애정의 약초를 따는 일은, 해와 달이 텅 빈, 종이 같은 하늘
가로질러 불완전 운rhyme으로 빛을 펼치는 것을 보는 일은.
꽃이 피어난, 젊은 여왕들인, 나무들, 자비를 구하며 당당히 나
아간다.

---

* mantra: 간략한 음절로 된 소리나 주문으로 신비한 힘이 담긴 자연의 근본적인 진
동을 전달한다고 한다.

대답

네가 돌로 만들어졌다면,
너의 키스는 네 입술에 봉인된 화석,
너의 눈은 내 손길에도 앞 못 보는 대리석,
너의 잿빛 두 손은 새들을 위한 빗방울 고이는 웅덩이,
너의 긴 다리는 얼음에 갇힌 강물처럼 차갑다,
네가 돌이라면, 네가 돌로 만들어졌다면, 네, 네.

네가 불로 만들어졌다면,
너의 머리는 쉿쉿 소리 내는 불길 같은 사나운 메두사,
너의 혀는 네 목구멍에 박힌 빨갛고 뜨거운 부지깽이,
너의 심장은 네 가슴에서 벌겋게 빛나는 석탄 덩이,
너의 손가락은 살갗에 찍힌 타는 듯한 얼얼한 낙인,
네가 불이라면, 네가 불로 만들어졌다면, 네, 네.

네가 물로 만들어졌다면,
너의 목소리는 포효하며, 거품 일으키는 폭포,
너의 팔은 나를 휩싸 휘돌게 하는 소용돌이,
너의 가슴은 익사자를 보살피는 깊고 어두운 호수,
너의 입은 대양, 네 숨결에서 찢겨져 나온 파도들,

네가 물이라면, 네가 물로 만들어졌다면, 네, 네.

네가 공기로 만들어졌다면,
너의 얼굴은 하늘처럼 비어 있고 무한하다,
너의 말들은 명사들을 실어 나르는 바람,
너의 움직임은 구름 사이로 갑자기 몰아치는 돌풍,
너의 몸은 그저 내 드레스에 부딪치는 산들바람일 뿐,
네가 공기라면, 네가 공기로 만들어졌다면, 네, 네.

네가 공기로 만들어졌다면, 네가 공기라면,
네가 물로 만들어졌다면, 네가 물이라면,
네가 불로 만들어졌다면, 네가 불이라면,
네가 돌로 만들어졌다면, 네가 돌이라면,
또는 네가 이것 중 아무것도 아니라면, 그러나 사실은 죽음이라면,
나의 대답은 네,입니다, 네,입니다.

보배

내 움푹한 손바닥에는
아주 여린 무게의 너의 숨.
내 저린 팔에는
네 머리의 황금 무게.

네 가슴에 끼워진
네 심장의 따듯한 루비
네 두 손의 예술,
네 손목 아래 가느다란 터키옥 정맥들.

네 입, 그것의 키스는
달콤한 성유의 축복,
내 입술을 누르는 부족함 없는
더없는 기쁨.

네 결 고운 머리카락, 내 손가락 사이로 흘러,
빠져나간다.
너의 은처럼 빛나는 미소, 너의 대박 웃음,
눈부신 선물들.

네 눈동자는

앞을 볼 수 있는 호박琥珀, 천 하루의 밤.

네 거짓말조차

반짝이는 바보의 황금.*

---

* 황철석(Fool's gold)을 '바보의 황금'으로 번역했다.

선물들

내 영혼을 자르고 꿰매서
작은 검정 드레스를 만들었고,

내 심장을 목걸이에 매달았다,
눈물방울들은 목걸이의 진주로,

내 입술은 너의 팔을 아름답게 하는,
팔찌가 되었다,

내 연인의 모든 언어들은
매달려 흔들리는 팔찌의 장식물들,

그리고 내 마음은 섹시하고 세련된,
새 모자였다,

휘갈겨 쓴 수취 서명 같은
내 소매에 붙은 네 머리카락 한 올을 위한.

써라

써라, 태양이 내게 쏟아져
입 맞추고 입 맞추었다고, 내 얼굴이
붉어지고, 검어져, 새하얀 재가 되어,
열렬한 바람에 들녘으로 날아가버렸다고,
내 몸의 형태가 아직도
풀을 납작하게 하고, 내 자신인
유령의 눈에서 먼지로 끝나버릴 때.

　　　　　　또는 써라,
강이 나를 제 팔로 꼭 끌어안았고, 차가운 손가락들이
내 팔다리를 쓰다듬었고, 서늘한 혀가 내 입속을 탐색했다고,
물의 목소리가 내 귀에 사랑을 사랑을 사랑을 맹세했다고,
내가 믿음 속에서 익사할 때.

　　　　　　그런 다음 써라,
나를 차서 살리려고 달이 은빛 장화를 신고
하늘에서 걸어 내려왔다고, 별들은 빛의 무리처럼,
이름을, 네 이름을 연호했다고. 내 입술에 네 이름을 써라
내가 숲의 어두운 예배당에 들어갔을 때

신부처럼, 밀월여행을 위해 누웠다고,
써라, 밤은 지옥처럼 섹시했다고, 써라, 밤이
나의 뼈들을 누른다고 누른다고
땅속 깊숙이.

비너스*

(새벽 6시 19분, 2004년 6월 8일)**

네 동공의 흑옥은
네 홍채의 황금 속에 놓여 있다—

나는 볼 수도 없다

네 젖가슴에 매달려 익은
네 젖꼭지의 검은 열매를—

나는 느낄 수도 없다

내 혀끝이
너의 입이라는 별 속에서 불타는 것을—

---

* Venus: 금성, 로마 신화 속 미의 여신 베누스의 영어 이름.
** 태양계 두번째 행성인 금성이 태양을 가로질러 지나가는 태양면 통과 현상(금성일식)이 2004년 6월 8일에 있었다.

나는 잠을 수도 없다

내 엄지 아래
네 손목 여린 맥박을—

그러나 나는 바라볼 수 있다

태양의 얼굴을 덮는
금성의 횡단을.

무엇이든

나는 네 손을, 왼손을 잡고,
부탁할 거야, 우리가 걷던 곳을 나 혼자 걸을 때,
그것이 여전히 손을, 내 오른손을
잡을 생명이 남아 있기를,
네 손이 내 젖가슴 위에 밤새 잠들어
놓이거나, 손가락 하나를 내 입술에 대어
모든 말을 멈추게 할 생명이 남아 있기를.

　　　　　　　　　　　나는 네 입술을 가져가,
부탁할 거야, 마치 기도하듯, 내가 눈 감을 때,
네 입술이 허공에서 무르익기를
다시 한번 내 입술에 포개지도록,
내 이름을 말하거나 미소 짓도록, 아니면
잠든 내 눈을 키스로 깨우도록. 나는

　　　　　　　　　　　네 눈을 가져갈 거야,
조금도 태양 같지는 않지만, 태양, 아래에서 더 사랑스러운 네 눈을,
그리고 너의 눈이 보려고, 나를 바라보려고, 눈물이라도
흘리려고 깨어나기를 부탁할 거야, 내가 네 얼굴에 흐르는

눈물을, 장미를 적시는 따뜻한 비 같은 그 눈물을 느끼는 한은.

잠든, 네 얼굴을 가져가, 내가 네 코의 기울기를
아니면 깨어 있는 네 얼굴을, 외게 해달라고 부탁할 거야,
그리고 내가 혀로 네 귓불의 부드러운 봉오리를 건드리게
해달라고 부탁할 거야

　　　　　그리고 나는 네 귀도 가져가,
내 숨결이 살아 있는 말들로 변하는 것을 느끼기를,
들리기를 부탁할 거야.

　　　　나는 네 숨결을 가져가
숨이 들고 나기를, 영원히, 들고 나기를 부탁할 거야,

네 뺨 아래 살짝 피어나는 홍조처럼, 그리고 나는 그것에조차
만족할 거야. 무엇이든.

한여름 밤*

그곳에 없습니다 한여름 밤 자정의 장미가 벌어져
피어나는 것을 보려는, 나는,
또는 그곳에 없습니다 달 아래 강이 터키옥색을
입을 때, 당신은,
그곳에 없습니다 돌멩이들이 부드러워지고, 벌어져,
품고 있던 화석을 보여줄 때,
우리는, 그곳에 없습니다, 밤하늘이 향기를 거두어들이려
지상으로 내려올 때,

그곳에 없습니다, 낯선 새가 우리 머리 위 나뭇가지에서
노래할 때, 당신과
나는, 또는 그곳에 없습니다, 별빛의 과일이 나무에서
익어갈 때.
그곳에 없습니다 우리의 무덤에서 자라는 풀 위에 누울,
둘 다, 살아서 살아서 오,
또는 그곳에 없습니다 셰익스피어의 별똥별**을 보는 우리는,

---

* 셰익스피어의 낭만 희극 「한여름 밤의 꿈」을 떠올리게 한다.

** 셰익스피어의 희곡 「리처드 2세」의 대사에 별똥별이 등장한다. Ah, Richard,

또는 우리가 누구인지를 알게 된 우리는,

어딘가 다른 멀리에. 그곳에 없습니다 시간이 사랑이 되는
그 마술 같은 시간을 위한 곳
그곳에 없습니다 빛의 창백한 손이 어둠의 장갑에서
늘씬하게, 빠져나오는 것을 보게 될 그곳에.
그곳에 없습니다 저편에서 우리의 어린 유령들이
우리를 부를 때에도
그곳에 없습니다 왜가리의 넝마가 빛의 은총으로,
은빛 가운이 되었던 그곳에.

그곳에 없습니다 옳게, 우리의 영혼을 찾을,
땅에 비단을 떨어뜨린, 우리는,
그곳에 없습니다 우리 자신에 의해 다시 한번 발견될,
물에 비친, 당신과, 나는.
그곳에 없습니다 별자리가 별들로 하늘에 시를 쓰는 것을 볼
그리고 흰빛과 운rhyme을 맞춘 어둠을 볼 우리는
그곳에 없습니다 한여름 밤 키스처럼 장미의 꽃잎이
포개어지는 것을 볼 우리는요.

---

with the eyes of heavy mind / I see thy glory like a shooting star / Fall to the base earth
from the firmament(아, 리처드, 무거운 마음의 눈으로 / 나는 보노라 그대의 영광이, 별
똥별처럼 / 창공에서 비천한 땅으로 추락하는 것을).

슬픔

슬픔, 네가 준 선물, 포장이 벗겨진,

두 손이 너를 통증처럼 붙들었을 때,

슬픔을 들고서 내 빈손은 무거워졌다,

슬픔, 구하지는 않은 것,

이제 내 눈은 내면을, 네가 나의

별, 나의 별이었던 곳을 응시하지만.

그리고 슬픔은 과분하다, 얼마나 완벽한 선물인지,

모든 것을 가진 사람을 위해 고른, 나의 심장을

겸손하게 한다. 그리고 슬픔, 바라지도 않은 것, 내 작은 목소리는

네게 감사를 표할 단어를 잊어버렸다, 얼마나 신기한지,

내게 주어진, 슬픔이, 자라나 낮을 가득 채우고, 밤을 가득 채우고,

한 주를, 달을 채운다, 내게 슬픔의 텍스트를 가르친다,

사랑의 쌍둥이 독신녀, 나의 머리는 숙어졌다,

배우느라, 배우느라, 알게 되었다.

이타카*

그리고 내가 돌아왔을 때,
나는 뻣뻣하고 소금 밴 선원 옷을 힘들여 벗고,
소녀 적에 입던 드레스를 걸쳤다,
그리고 물속으로 미끄러지듯 나아갔다.
이타카로부터 1마일, 나는 배를 정박했다.

저녁은 부드러워지고 퍼져 나갔다,
은빛 물고기 아른거리는 터키옥색 물,
들으려고 몸을 숙이는 하늘.
내 손은 물속에서 움직였고, 공중에서 움직였다,
나는 연인, 네 살갗과 머리카락의 자취를 더듬는,

그리고 이타카 그곳, 청동색 산들이
거친 방패처럼 어깨를 늠름히 펴고,
돌고래들이 숨어 있던, 동굴들,
보석을 담는 어두운 주머니들,

---

* Ithaca: 그리스 서쪽의 섬으로, 그리스 서사시 『오디세이아*Odysseia*』의 주인공 오디세우스Odysseus의 고향.

우리의 창백한 들판에서 제 눈물을 여물게 하는 올리브 나무들.

그리고 나는 빛의 리본 위로 흘러 들어갔다,
로즈메리, 레몬, 타임의 향기를 더듬으며,
마음속에서 되풀이해 노래하는,
네 이름의 향기로움을 더듬으며,
그것은 부적 같은 것, 나를 다시

이타카로 돌아오게 한, 네가 말 한마디로 해칠 수 있었던
모든 상처는 이제 0에 눈금을 맞추었다,
나는 숨김없이 어리석은 영웅으로서,
땅거미 질 때 얕은 곳으로부터, 허리 깊이로, 걸어 들어간다,
내 작고 하얀 배를 끌며.

땅

우리가 한때 이곳을
우리의 살갗과 뼈에 생생한
헤더* 위를, 빛나는 돌멩이들 위를,
걸었던 유령이라면
다가올 모든 시간과 함께
우리가 우리이도록 남겨진 채,

한때는 살이었던, 우리가
먼지라면, 구름이
언덕의 젖가슴 위에서 황홀해하는 곳,
우리의 셀 수 있는 날들 속에서,
우리가 했던 말들
여전히 이곳에서 속삭이며,

벌들의 웅얼거림처럼
공중에 걸려서 찢겼다,
우리가 호숫가에 누워 있었을 때,

---

* heather: 황야지대에서 주로 자라는 야생화. 126쪽 주석 ** 참조.

우리가 누구인지 느끼려
우리의 옷가지를 우리의 손으로 벌리며,
우리는 차라리 그곳에 있으리

여기 있기보다는,
우리로 인했던 모든 것은
여전히 저 앞에,
우리가 유령이거나 먼지라면
죽어 오래되기 전에
사랑을 살았던 우리가.

밤 결혼

내가 불을 꺼
우리 사이 어두운 먼 거리가
구겨져 무너질 때,
너는 너 자신에서 미끄러져 나온다
나의 잠 속에서 나를 기다리려,
구름 속으로 빠져드는 달의 얼굴,

아니 나는 빼앗긴 채 깨어난다
내가 너의 꿈속에서 보낸
긴 시간으로부터,
부드러운 모음으로 울고 있는 숲속 부엉이,
강의 살갗 아래 헤엄치는 검은 물고기.

밤 결혼. 깊은 새벽 시간이 우리를 하나로 만든다,
마주 보며 우리가 잠들어 꿈꿀 때,
거대한 밤 전부가 우리의 침실이다.

통사론

나는 당신을 여보*라고 부르고 싶다,
입맞춤을 시작하는 입술 모양의
소리 ──이렇게, 여보──
그다음에는 사랑해요, 말하고 싶다,
여보, 사랑해요, 여보 사랑해요,
나는 사랑해 너를**이 아니라.

                    왜냐하면 내가 원하기 때문에 ──
우리가 지금 말한 대로──나는 말하기를 원한다
그대를,*** 나는 숭배해요, 나는 그대를 숭배해요,
그리고 나는 알기를 원한다
내 입술에 사랑의 통사론이 거주하는 것을,

---

* 원문의 thou(고어인 2인칭 대명사)의 발음과 입모양을 살려 '여보'라는 단어로 번역했다. 시인은 thou라는 고어의 사용으로 사랑을 말하는 언어의 새로움, 신선함을 역설적으로 들여온다. 결혼 제도에 고정된 '여보'의 의미가 아닌, 사랑을 말하려는 이의 부드럽고 간절한 입맞춤 같은 입 모양을 담았다.

** 문장의 맨 마지막에 you가 놓이는 "I love you"가 아닌 "thou, I love" '사랑하는 당신'의 자리를 가장 귀하게 '나'의 앞으로 가져온다.

*** thee: 고어 thou의 목적격.

그리고 그대의* 눈동자를 바라보기를 원한다.

사랑의 언어가 시작되고, 멈추고, 시작된다,
마땅한 단어들이 심장에 흐르거나 엉겨 덩어리진다.

---

* thine: 고어 thou의 소유격.

눈

너는 돌아온다
내 3개월의 밤이 지나고,
네가 그럴 것을 내가 알고 있었듯이, 빛처럼, 가벼이.
그리고 지금은 여름의 절정,
천둥으로 관능적인, 비 내리는 열기이지만,
너는 눈에 대해 이야기한다.

그것은 지금 서서히 생성되고 있어,
차갑고, 먼 구름을
눈의 화물로 가득 채우며,
바다에서 멀리 떨어져,
검은 하늘 속에서 상승하며 울고 있어,

각각의 눈송이들은 유일
무이해, 우리가 키스할 때, 우리에게로 떨어질 거야,
아니면 루이스 맥니즈*의 시를 들려줄게.

---

* Louis MacNeice(1907~1963): 아일랜드의 시인이자 극작가. 다음 행의 "실내가 돌
연 풍요로웠다"는 그의 시 「눈Snow」의 첫 행이다.

실내가 돌연 풍요로웠다……

너의 이사

우리 동네로
이제 너는 이사했다,
내가 구경시켜 줄게.

모든 나무마다
흉터로 남은 이름은
너의 이름이다.

장미 가시에 붉은 비,
고요히 맺힌 피는,
나의 것.

가지 늘어진 저 덤불 아래,
웅크린 고블린*은,
당신의 하인입니다, 여왕님.

한사코 너를 만지고 싶어 하는,

---

* goblin: 민화나 옛이야기에 등장하는 마귀나 괴물.

번개는,
네게 조금의 악의도 없지.

거대한 이야기들을 소중히 하는,
천둥은,
마법 주문을 철자하고 있다.

산문으로 시작하는
지역 뉴스는
운문으로 끝난다.

여관과 선술집들은
먼지를 털어 그들의 가장 질 좋은 와인들을
꺼내고 있다,

그리고 우리가 숨 쉬는 공기는,
나는 속으로 말한다,
똑같다, 똑같다.

에피파니*

빛에 눈을 감지 않는다
빛이 내 머릿속에
있을 때,
　　　잠들지 않는다
오직 너의, 오직 그대의 따듯한 살갗만이
나의 침대일 때,
　　　　살아 있지 않다, 낮과, 밤이,
너를 볼 수 없는, 그대를 볼 수 없는,
죽은 자와의 시간일 때,
　　　　　알 수 없는 말을 한다
말들이, 말들이, 말해지지
않은 것들의 양막羊膜**일 때,
　　　　　　믿지 않는다 믿음이
꺼져버린 그러나 아직은 금빛으로, 붉게, 타오르는 불빛일 때.

---

* epiphany: 본질의 돌연한 현현을 뜻한다.

** 태아를 감싸는 막. 포유류, 파충류, 조류의 태아를 둘러싸고 있는 얇은 막.

사랑 시*

사랑이 스스로를 다 태울 때까지, 말들의

잠을 열망할 때까지—

　　　　　　　　　내 연인의 눈동자—**

하얀 시트 위에 누워, 언어 안에서

휴식한다—

　　　　　　내가 헤아려볼게요—***

아니면 묘비명처럼 한 구절로 줄어들게 해줘요—

　　　　　　　　　　　　　　　　여기 와

나와 함께 살아요—****

아니면 사랑의 높은 구름에서 음절들로

시의 물웅덩이 속으로 떨어져요—

　　　　　　　　　　한 시간을 그대와.*****

---

* 영시 전통에 놓여 있는 사랑 시들의 일부를 변형, 변주하여 앞선 시인들에게 바치는 오마주가 돋보이는 작품이다.

** 셰익스피어의 「소네트」 130번의 첫 행 "내 연인의 눈동자는 조금도 태양과 같지 않아라"에서 가져온 구절이다.

*** 19세기 영국 시인 엘리자베스 배럿 브라우닝(Elizabeth Barrett Browning, 1806~1861)의 시 「어떻게 당신을 사랑하느냐고요?How Do I Love Thee?」의 시구이다. "내가 헤아려볼게요"라는 문장을 시작으로 자신의 사랑을 표현한다.

사랑이 굴복하여 속삭임의 예술로

말할 때까지—

　　　　소중한 마음이여,*

이건 어떤가요?—

사랑의 입술이 한 줄의 시구에 입 맞추는

따옴표로 오므라들었어요—

　　　　　　그대의 심장을 들여다보며

쓰세요—**

사라지는 사랑의 빛을, 페이지 위의 잉크처럼

검게, 어두워지는, 사랑의 빛을요—

　　　　　　그녀의 얼굴에는

정원이 있어요.***

**** 크리스토퍼 말로(Christopher Marlowe, 1564~1593)의 시 「열정적인 목동이 연인에게The Passionate Shepherd to His Love」의 첫 행 "여기 와 나의 연인이 되어 함께 살아요"의 변용이다.

***** 월터 스콧 경(Walter Scott, 1771~1832)의 시 「한 시간을 그대와An Hour With Thee」의 일부분이다.

* 제임스 조이스(James Joyce, 1882~1941)의 시 「소중한 마음이여Dear Heart」의 제목이자 첫 행의 시작 부분이다.

** 필립 시드니 경(Philip Sidney, 1554~1586)의 연작 소네트 『아스트로필과 스텔라 Astrophel and Stella』의 소네트 1번, 「진실로 사랑하기에 그대에게 시로서 나의 사랑을 보이길 갈망하니Loving in truth, and fain in verse my love to show」의 마지막 행인 14행 "그대의 심장을 들여다봐요 그리고 쓰세요look in thy heart, and write!"의 변용이다.

*** 토머스 캠피언(Thomas Campion, 1567~1620)의 시 「그녀의 얼굴에는 정원이 있어요There Is A Garden In Her Face」의 제목이자 첫 행이다.

사랑이 모두 마음속에만 있을 때까지—

　　　　　　오 나의 아메리카!

나의 새로 발견된 땅—*

또는 사랑이 모두 작가의 손에 쥔

펜 속에 있을 때까지—

　　　　　　보세요, 그대는 아름다워요—**

거기가 아니에요, 기도처럼 가슴으로 아는,

시 속을 제외하고는,

가까운 곳과 먼 곳 모두,

가깝고 먼—

　　　　별에 대한

나방의 갈망을.***

---

* 존 던(John Donne, 1572~1631)의 시 「침대로 가는 연인에게To His Mistree Going to Bed」의 일부, "O my America! my new-found land".

** behold, thou art fair—: 「아가」 4장 1절, 솔로몬왕이 그의 신부 술람미 여인의 아름다움을 이와 같이 노래한다.

*** the desire of the moth for the star: 퍼시 비시 셸리(Percy Bysshe Shelley, 1792~1822)의 시 「＿＿에게To＿＿」의 13행으로, 이 시는 "One word is too often profaned (한 단어가 그토록 자주 모독당했기에)"로 시작하는 사랑 시이다.

예술

다만 이제 예술일 뿐—우리의 몸, 붓질, 색소, 주제;
우리의 이야기, 허구, 불신의 정지;*
우리 피의 울림, 타악기;
우리의 슬픔의 음악을 위한, 화음, 단조.

예술, 냉랭한 대리석에 끌로 새겨 넣은 우리의 키스,
소리 없는 묘석에 갇혔다, 우리의 약속들은,
흐지부지 꺼져 시가 되었다, 우리 목소리의
말라버린 꽃들을 위한 페이지 인쇄.

사랑에는 달리 방도가 없다, 예술이 오래 앓아온 병, 죽음밖에는,
우리가 남긴 메아리를 위한 거대한 극장들,
박수 소리, 그 후 철저한 어둠.
우리 숨결의 열정을 위한 웅대한 오페라,

---

* 영국의 시인이자 비평가인 새뮤얼 테일러 콜리지(Samuel Taylor Coleridge, 1772~
1834)의 표현이다. 픽션이라는 것을 알면서도 이야기 속에 빠져들면서 자기도 모르
는 사이에 불신의 자발적인 정지가 일어나고 예술 혹은 이야기를 진짜인 것처럼 깊
이 경험하는 것, 혹은 예술을 대하는 그런 태도를 말한다.

그리고 우리의 가슴에는 오스카상 수상 영화,

그리고 내 영혼이 노래했던 곳, 쉰 목소리로 노래하는 예술.

탈脫 사랑

겨울나무에게서 배우렴, 그들이
키스하고 그들의 잎사귀를 버리는 것을,
그러곤 그들의 고통스러운 얼굴을 손에 쥐고
얼어붙는 것을.

또는 시계로부터 배우렴,
눈길을 돌리는, 사랑이 결여된 빛, 더는 할 말 없는
짧은 날들, 교회는
황혼의 바다 위에 떠 있는 유령선.

돌멩이에게서 배우렴, 그것의 심장 모양은 무의미하고,
가차 없는 추위에 꼭 어울린다. 또는 하늘에서 완강하게
사라지고 있는, 더 커다란 달에게서 배우렴, 또는
라틴어 동사들처럼 생명체가 없는 별들에게서 배우렴,

강으로부터 배우렴
항상 어딘가 다른 곳으로 흘러가는, 그것의 이름조차도
변화, 변화. 올가미처럼 나뭇가지에 매달린 밧줄로부터 배우렴,
저주하는 까마귀,

파리 떼가 애도하는 죽은 왜가리 한 마리.
경악하여 말이 안 나오는 정원으로부터 배우렴,
아무것도, 야수의 장미꽃 한 송이조차, 자라지 않는, 여름의 무덤.
거미줄의 찢긴 베일로부터 배우렴.

우리의 일용할 양식으로부터 배우렴,
결코 그치지 않는 비, 눈물과는 전혀 다르다, 사랑이 결여된 구름들,
사랑을 사랑하기를 그만둔 언어, 이 퀴퀴한 냄새 나는 공기조차
네가 있던 모든 공간을 사랑하기를 그친다.

끝 다시

그것은 지혜로운 지빠귀다, 그는 각각의 노래를 단 한 번이 아니라
두 번 부른다, 그가 처음의 그 섬세하고 꾸미지 않은 황홀감을
결코 되찾을 수 없을 거라 네가 생각하지 않도록!

로버트 브라우닝*

나는 시간을 벗어난 어느 어두운 시간에 깨어, 창문으로 간다.
이 캄캄한 하늘에는 별이 없고, 이야기할 달이 없고, 시간의 이름도
숫자도 없다, 부서진 빛 조각도. 나는 안으로 공기를 들인다.
정원의 돌연한 향기는 벌어진 무덤.
나는 어떻게

　　　　나를 도와야 하는가, 마법도 기도도 없이,
이 끝없는, 냉혹한, 익명의 시간을, 사랑의 죽음을 견디도록?
오직 다른 시간들―
공기가 한때 네가 서 있던 곳을 널리 드날렸다,

---

* Robert Browning(1812~1889): 영국의 시인이자 극작가. 이 문구는 「이국에서 고향
을 그리며 Home-Thoughts from Abroad」의 2연 6~8행이다.

그 밤 우리를 빛나게 했던, 빛으로 붉게 물들었던,
그 웅장한 호텔,

　　　　　네가 풀줄기로 반지 하나 만들어
나와 결혼하기에 걸린 시간. 나는 다시 너의 이름을
말한다. 네 이름은 모든 어둠을 여는 열쇠여서,
죽음이 휙 열린다.
나는 새가 시간을 뚫고, 자신의 노래를 시작하는 것을 듣는다,
이 크리스마스 새벽에 첫번째 빛을,
선물을, 기억의 장밋빛 여명을 가져오려.

역자 후기

― 처음과

이제는 기억나지 않는다. 기억이 충분히 흐려질 때 그것은 견고하게 꿰맨 책에서 뜯겨 나온 낱장의 책장과 닮는다. 흐릿한 그러나 고유한, 개체로서의 얇은 종이, 목소리가 적혀 있는, 들려오는 얇은 종이, 들리기를 인내심 있게, 기다리는, 얇은, 얇은 종이, 를 조심하라.

종이의 얇음이 담고 있는 목소리의 청각적 입체와 생생하고도 추상적인 무게감. 종이의 얇음을 손끝에 쥐고, 종이에서 몸을 일으키고 있는 목소리를 듣는 일. 종이의 얇음이 그것을 마주 쥔 손끝의 온도를 종이의 얇음을 통과해 손끝에게 되돌려주는 일의 의아함. 손끝이 느끼는 이물적인 손끝의 온도.

한 장의 종이를 마주쳤고 그것의 얇음에서 목소리가 흘러나왔다. 그것의 얇음 위로 온도가 번졌다.

듣게 된 목소리, 얇은 종이 속에서 말하고 있는 아이의 목소리, 얇은 종이 속에 목소리의 공간을 마련하고 있는 여자아이의 목소리, 여자아이의 목소리가 생성하고 있는 시의 공간, 삶의 이물스러운 공간,

그 목소리를 따라 종이의 얇음을 모으게 되었고 낱낱의 얇음은 이제 한국어라는 다른 장소 안에서 어떤 물리적인 부피를 갖게 된다.

멜론이랑, 시금치랑, 길쭉한 호박 같은 아이의 목소리, 그네 같고, 밀가루 같고, 우물 같고, 망고나무 같은, 색칠한 손 같고, 유령 같고, 붉은 열매 같은 아이의 목소리. 통증과 놀이가 섞여 있어 놀이와 통증이 잘 구분되지 않는 목소리. 통증과 놀이를 섞어놓아서 아이들은 이상한 목소리를 살며 이상한 목소리를 도착하게 한다. 종이의 얇음 속에 탄성 있는 목소리를 풀어놓고, 트램펄린처럼 종이 위에서 높고 낮게 뛰어오른다. 종이의 얇음을 긴장하게 한다. 종이의 얇음을 쥔 손끝을 긴장하게 한다.

지금 여기를 긴장하게 한다.

말하고 있는 여자아이

우리의 이드 날 내 사촌은 마을로 심부름 갔어요.
무슨 일이 벌어졌어요. 우리는 그것이 통증이었다고 생각해요.
내 사촌이 방앗간 주인에게 밀을 주었고요 방앗간 주인이
그 애에게 밀가루를 주었어요. 그 후에는 아프지 않았어요,
그래서 한동안 그 애는 차파티를 만들었어요. **타슬린,**
친구들이 불렀어요, **타슬린, 우리랑 나가 놀자 제발.**

그들은 그네 옆에서 수줍어했어요. 그것은 밭 같아요.
때때로 우리는 멜론이랑, 시금치랑, 길쭉한 호박을 심었어요,
그리고 우물이 있었어요. 그 애는 그네에 앉았어요.
그들이 그네를 밀었어요 **그네를 멈춰,** 그 애가 소리 지를 때까지,
그러더니 그 애가 아팠어요. 타슬린이 도와줄 사람을 찾아오라고
애들에게 말했어요. 망고나무 아래서 그 애가 피를 흘렸어요.

그 애의 엄마가 그 애를 꽉 붙잡고 있었어요. 그 애는 생각했어요
무언가가 배 속을 불태우고 있다고요. 우리는 손을 칠해요.
우리는 방문해요. 우리는 서로 돈을 가져가요.
밖에서, 아이들이 공깃돌 놀이를 하고 있었어요.
날마다 그 애는 우물물을 길어
모스크로 날랐어요. 남자들은 깨끗이 씻고 신께 기도드렸어요.

한 시간 후에 그 애는 죽었어요. 그 애의 엄마가 울었어요.

그들이 성자를 불렀어요. 그는 디나에서 장 착으로
걸어왔어요. 그가 죽은 그 애를 봤어요, 그러고는 말했어요.
그 애는 정오에 밖에 나갔고 유령이 그 애의 심장을 가져갔다.
그날부터 우리는 그러지 말라고 강력하게 주의 받았어요.
바아Baarh는 작고 붉은 열매예요. 우리는 우리의 심장을 지켜요.

— 일곱

그리고 먼 건너뜀이 있다. 멀리 건너온 곳에는 다른 목소리가
있다. 어른의 목소리, 소년의 장난감 보트를 바라보는 이미 몸이
자라난 사람의 목소리, 자란 몸이 쓸쓸해지는 환하고도 어두운
시간에 대하여.

사랑을 겪는 사람의 목소리, 그것의 죽음을 겪는 사람의 목소
리, 그 목소리 속에는 장난감 배의 도착을 지켜보려 몸을 낮춰 무
릎을 꿇는 느린 동작이 담겨 있다. 그 목소리 속에는 배의 떠남
혹은 배의 가라앉음을 지켜보려 몸을 낮춰 무릎을 꿇는 느린 동
작이 담겨 있다. 마치 기도의 동작처럼. 마치 기도에 가까운 시간
처럼.

다가갈 때와 떠날 때, 다가올 때와 떠날 때, 시간에 머무는 일
에 대하여. 사랑과 그것의 죽음을 다시 한번 사는 일에 대하여.
거듭 살아 있게 하는 일에 대하여. 어떤 목소리의 기록은 대리석

에 끌로 새긴 기도처럼. 끌로 새긴 희망의 시간처럼. 씨앗처럼.

배

결국,
그것은 소년의 장난감 보트에
지나지 않았다
내가 너와 함께 걸었던,
지역 공원 호수에 떠 있던.

하지만 나는 무릎을 꿇었다
그것이 도착하는 것을 지켜보려고,
그것의 하얀 돛
호박빛으로 수줍다,
늦은 태양이
배를 들어 올린
물결을 황동빛으로 물들인다,

나의 배가 들어오고 있다
환희의 화물을 싣고서.

— 처음과 일곱, 그리고

낱장의 목소리들의 영토로 이루어진 캐럴 앤 더피의 첫 시집 『서 있는 여성의 누드』와 대리석에 끌로 새긴 기도와 같은 그의 일곱번째 시집 『황홀』을 한 권의 책으로 묶어 소개하게 되었다. 두 시집 사이에는 시간의 긴 보폭이 놓여 있다. 두 시집은 각각 1985년, 2005년에 출간되었다. 소재와 스타일이 상이한 두 시집이 나란히 놓여 한 권을 이루는 일. 그것은 날개를 떠올리게 한다. 대칭과 균형의 미를 갖춘 매끄러운 날개라기보다는, 각각 다른 대기 속에 담긴 비균질한 날개 혹은 하나의 대기를 다르게 감각하는 두 개의 비균질한 날개, 매끈한 비행과 불안정한 흔들림이 하나의 시간 속에 담긴 것. 그런 구조물. 시간의 긴 보폭에서 꺼내 올린 **쓰레기**와 **보석**으로 만들어진 어떤 경이로움에 관여하는 일종의 구조물, 혹은 저항에 관여하는 하나의 날개, 저항할 수 없음에 관여하는 다른 하나의 날개.

두 시집의 서로 다른 긴장 속에는 **위로 향한 꽃잎 속에 마지막 빛을 오므려 담고 있는** 보존하려는 듯한 손길의 간절함이 있다. 그런 손길로 쓰인 어느 완고하고도 섬세한 세계. 이것은 한 권의 책이라기보다는 시간 속에서 두 손을 꽃잎처럼 오므려 마지막 빛을 귀하게 담으려 하는 되풀이되는 손길에 더 가깝다.

— 하나의 목소리가 없었다면

이것이 내가 보는 것인가.
아니, 그러나 이것은 봄Seeing의 과정이다.

캐럴 앤 더피의 첫 시집 『서 있는 여성의 누드』는 목소리들로 이루어진 청각적 영토를 이룬다. 그것의 영토는 점유의 공간이 아닌 드러남의 공간이다. 낱장의 종이마다 다른 목소리들이 드러나고 '읽기'라는 행위를 통해 목소리의 입체가, 목소리의 현장이 생생하게 가시화된다. '읽는 주체'는 '읽기'라는 행위를 통해 또렷한 목소리의 현장에 '즉시' 놓이게 된다. 즉시 다른 목소리가 구축하고 있는 다른 공간에 놓이게 되는 이 급속하고 가파른 이동은 '읽는 주체'에게서 사건이 일어나는 현장으로부터의 거리감이 주는 안전함을 휘발시키고 목소리의 현장에 어리둥절하게 급작스럽게 놓이게 한다. '읽기'라는 행위의 매개 없이는 들리지 않을 목소리들, '말하기'라는 행위의 매개 없이는 들리지 않을 목소리들, '쓰기'라는 행위의 매개 없이는 들리지 않을 목소리들, '읽기'와 '말하기'와 '쓰기'가 마련하는 혹은 보존하는 목소리의 현장, **하나의 목소리가 없었다면, 하나의 목소리가 가능하다고 생각하지 않았다면** 드러남의 공간은 어떻게 마련되는가. 이것이 내가 듣는 것인가. 아니, 그러나 이것은 듣기의 과정이다.

'듣기의 과정'은 듣기를 통과하며 무수한 진동을 겪는 자신을 듣게 되는 회귀적인 과정이다. 다른 것의 목소리를 통과하며, 다른 것의 목소리가 통과하며 나의 흔들림을, 내가 놓인 시공간의 진동을 경험하게 되는 일.

　그것은 폭력적인 종합 중등학교 같기도, 포르노가 상영되고 있는 시골 파티 같기도, 여섯 살 리찌가 위태롭게 놓여 있는 난간 같기도, 벌거벗고 야윈 여자가 정물처럼 서 있는 예술가의 냉기 서린 작업실 같기도, 날카로운 호각 소리를 따라 낡아버린 물의 리듬을 돌고 있는 돌고래들이 갇힌 수족관 같기도, 집에 있는 생물들을 죽이고 더 죽일 것이 남지 않아 문을 밀치고 나아가는 칼을 쥔 소년의 번득이는 거리 같기도, 대공습 후에 기억을 잃고 겉뜨기 안뜨기를 흉내 내는 자신의 손을 낯설게 바라보는 여자가 앉아 있는 지하 공간 같기도 하다. 『서 있는 여성의 누드』에 담긴 세계는 위협적으로 산재한 균열이다. 우리를 협소하게 가두는 세계, 우리가 협소해지는 세계, 우리가 협소하게 실현하는 세계이다. 이것은 깨어 있는 채로 꾸게 되는 불편한 꿈이다. 1985년에 출간된 그의 시는 혐오의 시대를 사는 우리에게 여전히 유효하다. 그것은 1985년의 영국적인 이야기로 편안하게 읽히기를 거부한다. 우리가 편안하게 떨어져 바라볼 수 있는 공간적 시간적 거리가 가능하지 않다. 『서 있는 여성의 누드』는 우리의 내면에 밀착한 채로 존재하는 혐오와 폭력, 착취를 드러내어 지금 여기를 들여다보게 한다. 이것은 차라리 사랑의 불모를 경험하게 하는 공간 같다. 그 공간에는 '끊임없이 흐르는 죄책감이 있다.' 그는 세계의 대기에 끊임없이 흐르는 죄책감을 감지한다. 그리고 그것을 흐르게 한다. 글자 속에. 시 속에.

'사랑을, 사랑만을 원하는' 그는 사랑의 불모를, 우리가 협소하고도 집요하게 구현한 세계의 폭력성을 시로 구현한다. 그의 첫 시집은 '사랑을, 사랑만을 원하는' 시인이 그린 다량의 폭력 속에 아슬하게 섞여 있는 미량의 사랑의 기록이다. 그가 직조한 세계는 '비의 급속한 공간들 사이'에 다급하게 있다. 이 위태롭고 조속한 공간 사이에 그는 '생각되기를 집요하게 고집'하는 것들을 그려낸다. 밖을 향해 던져진 그의 시선은 산재한 바깥으로부터 날카로운 시의 내부를 태어나게 한다. 그는 묻는다. '꿈꾸는 법'을 잊어버리게 하는 세계에서 '꿈꾸는 것은 미친 짓인가'라고. 그는 오래된 목소리로, 또렷한 음성으로 청한다.

　"누군가는 꿈꾸게 해다오"

　그렇게 꿈의 장소가 지켜지게. 그것은 어쩌면 시가 보호하려는, 시가 지키려는 최후의, 최소의 혹은 최초의 장소일까.

　'세계는 꿈을 꾸도록 깊어지지 않을 것이기 때문에' '세계는 꿈을 꾸도록 깊어지는 것을 위협받기 때문에', 우리는 꿈을 꾸도록 깊어질 수 있는 장소를 끊임없이 마련해야 한다. 우리는 세계에 세계를 공급한다. 어떤 신선한 호흡처럼.

　하나의 호흡, 한 번의 호흡, 또 한 번의 호흡, 세계에 세계의 신선함을 공급하는, 세계에 세계의 어림을 공급하는,

그것은 시가 도모하길 꿈꾸는 장소일까. 시의 장소는 어떻게 태어나는가. 시는 꿈의 시간이 가능한 깊이를, 꿈을 꾸도록 깊어지는 깊이를 도모하는 장소가 되려는 거듭되는 거듭 실패하는 시도일까. 그럼에도 불구하고. 세계가 지속하여 꾸는 꿈에 접속하려는 시도일까. '누구도 상하게 하지 않을 꿈을' 꾸려는 이 시들을 사랑 시라고 말할 수 있을까. 이것은 무엇보다도 '사랑을, 사랑만을 원하는' 그래서 오래도록 고개를 갸웃하게 하는, 꿈을 꾸도록 깊어지는 시이다.

― 만질 수 있는 꿈처럼

> 나의 살아 있음 속으로, 살아 있음보다
> 더 크고, 아름다운, 네가 걸어 들어왔다.

네가 온다는 것은 무엇일까, 네가 내게로 걸어온다는 것은, 내게로, 그러니까 나의 살아 있음 속으로 걸어온다는 것은, 너는

살아 있음보다 더 크고, 아름답다. 만질 수 있는 꿈처럼, 네가 걸어왔고 들어왔고 그리고 그 걸음을 지속하여

　　　　　　너의 떠남이라는 텅 빔의 사태를 이루는 시간까지의 기록, 그리고 너는 더는 만질 수 없는 꿈처럼.

『황홀』은 연인의 목소리를 경험하게 한다. 『황홀』의 언어는 관능의 언어이다. 저항할 수 없음에 대한 언어이다. 혹은 힘은 어떻게 포기되는가에 대한 기록.

『황홀』의 목소리는 육체적이며 감각적이다. 연인은 몸과 몸의 거리를 빨아들일 듯 생략시키려 한다. 연인은 밀착하며 밀어낸다. 연인은 휘감은 팔다리였다가 서로를 감싸는 포옹에서 풀려나 다시 몸과 몸이 된다.

『황홀』의 시들은 선물 같고, 만질 수 있는 꿈 같다. 선물은 놓여 있다. 그것이 무엇인지 보려고 그것을 끄르는 손길이 선물을 깨어나게 한다. 읽기는 리본의 부드러움을 감촉하며 매듭의 단단함을 공들여 풀며 선물의 시간을 길어지게 하는 행위이다.

『황홀』은 사랑하는 사람의 뜨거운 살갗을 쓰다듬는 손길이다. 그리고 손의 행위를 거두어들여야 하는 싸늘하게 차가워지는 시간의 길이이다. 뜨거운 손이 식어 차가워질 때까지, 종이 위에 다른 온도의 글자가 적힌다.

뜨거운 혹은 차가운 사랑의 검은 글자들이 환해질 때까지, 글자들의 빛으로 우리가 우리의 살아 있음이라는 사건을 비출 때까지, 사랑을, 황홀을, 상실을 복기하는 일은 '살아 있음'이라는 사건의 중심과 가장자리를 비추는 불빛이다. 마치 기도가 마음의 공간감을 밝히는 것처럼.

사랑을 감각하며 사랑의 시간을 경험하며 우리는 시간의 연인으로서 깨어난다. 연인으로서 살아 있음이라는 공간으로 되돌려진다. 텅 빈 손과 텅 빈 목은 그 섬세하고 꾸미지 않은 황홀감 쪽으로 벌어진다. 사랑을 상실한 후조차 텅 빈 손과 텅 빈 목은 꽃잎의 오므림처럼 '마지막 빛을' 감싸 쥔다. 그래서 사랑이 끝났을 때조차, 끝장났을 때조차, '크리스마스 새벽의 첫번째 빛처럼' 우리가 감싸 쥔 '마지막 빛'은 선물처럼 살아 있음을 깨어나게 하는 여명을 선물한다. 시인은 사랑이 '모든 어둠을 여는 열쇠'라고 말한다.

우리의 손가락 끝에서 잎사귀의 잿빛 주검들이 금빛으로 변하는 것을 바라보며, '결국, 그것이 소년의 장난감 보트에 지나지' 않을지라도 '환희의 화물을' 실은 그것의 도착을 지켜보려 무릎을 꿇는 힘의 포기를 우리에게 선물한다. 그것은 설렘만으로도 두려움만으로도 기쁨만으로도 슬픔만으로도 맞이할 수 없는 살아 있음의 시간이다.

— 불가능한 바다를 헤엄쳐

이것은 허구가 아니야.

이것은 소박하고 생생한 사랑의 물질이다.

시를 읽는 일은 '하나의 목소리가 있(었)다는 것'을, 비가시적인 목소리들의 자리를 가능하게 하는 행위일까. 들리는 귀를, 들으려는 귀를, 부드럽고도 완고한 의지를 가진 귀를 정성스럽게 고집스럽게 생성하는 일일까. 귀는 내가 사랑하는 너의 밤처럼, 너의 낮처럼, 더 넓게 더 넓게 펼쳐지는데 나는 더 적게 더 적게 이해한다.

나의 모름 속에서, 앎을 벗어난 자리에서, 너를 도착하게 한다.

작가 연보

1955   12월 23일 스코틀랜드 글라스고의 고발스라는 빈곤 지역
의 아일랜드계 로마 가톨릭 가정에서 전기 설비사이자 열
성적인 노동조합원인 프랭크 더피와 메리 블랙의 첫째 아
이로 태어남. 후에 프랭크 더피는 지방 의회 의원이 되고
1983년에는 노동당 국회의원 선거에 입후보함.

1961   여섯 살 때, 가족과 함께 잉글랜드 스태퍼드셔로 이주.

1962~67   성 오스틴 로마 가톨릭 초등학교에서 교육을 받음.

     11살 때부터 시를 쓰기 시작함. 어린 나이부터 작가가 되
고자 함.

1967~70   성 요셉 수녀원 부속학교에서 교육을 받음.

     영어교사 준 스크리븐이 문학적 재능을 격려함.

     준 스크리븐이 보낸 15살 더피의 시가 출판사 팸플릿 『아
웃포스츠*Outposts*』에 실림.

1970~74   스태퍼드 여자고등학교 입학.

     영어교사 짐 워커가 문학적 재능을 격려함.

     16살에 리버풀 시인 트리오 중 한 명인 시인 에이드리언
헨리를 만나 연인 사이로 발전, 1982년까지 동거. 후에 캐
럴 앤 더피는 그에 대해 이렇게 회고했다. "그는 제게 자

신감을 주었어요, 그는 굉장했죠. 전부 시였어요, 몹시 의기양양했고, 결코 충실하지 않았어요. 그는 시인들은 불충의 의무가 있다고 여겼죠."

1974   리버풀에서 활동하는 에이드리언 헨리 곁에 있고자 집을 떠나 리버풀 대학교 철학과에 입학. 두 편의 희곡이 리버풀 극장에서 공연됨.

소책자 시집 『수탉 모양의 풍향계 인간과 여러 시들 *Fleshweathercock and Other Poems*』 출간.

1977   학사학위 취득.

에이드리언 헨리와 함께 소책자 시집 『미녀와 야수*Beauty and the Beast*』 출간.

1982   소책자 시집 『다섯번째 마지막 노래*Fifth Last Song*』 출간.

희곡 「내 남편을 데려가Take My Husband」 발표.

1983   전국 시 경연대회에서 우승을 하며 널리 명성을 얻기 시작. 25년 후 한 인터뷰에서 시인은 말한다. "그 시절에 여성인 시인은 여전히 '여류 시인'으로 불렸죠, 젊은 여성인 시인으로서, 그런 관행을 바꾸려고 애쓰는 것은 큰 의미가 있는 일이었어요."

1984   에릭 그레고리 상 수상.

희곡 「꿈의 동굴Cavern of Dreams」 발표.

1985   시집 『서 있는 여성의 누드*Standing Female Nude*』 출간.

1986   희곡 「작은 아씨들, 큰 소년들Little Women, Big Boys」 발표.

라디오극 「상실Loss」 발표.

시집 『서 있는 여성의 누드』로 스코틀랜드 예술위원회상 수상.

1987   시집『맨해튼 팔기*Selling Manhattan*』 출간.

1988   일간지『가디언*The Guardian*』에서 시 비평가로 활동하기 시작.

        시 전문 잡지『앰빗*Ambit*』 편집자로 일함.

        시집『맨해튼 팔기』로 서머싯 몸 상 수상.

1989   시문학회로부터 딜런 토머스 상 수상.

1990   시집『다른 나라*The Other Country*』 출간.

1992   영국 작가 협회로부터 콜몬델리 상 수상.

1993   시집『비열한 시간*Mean Time*』 출간, 휘트브레드 시문학상과
        포워드 시문학상(올해 최고의 시집 부문) 수상.

1995   딸 엘라 태어남. 엘라를 낳고 기르며 많은 동시집과 동화집을
        출판하게 됨.

        대영제국 훈장(OBE)을 받음.

        래넌 재단으로부터 래넌 문학상 수상.

1996   런던에서 맨체스터로 이사.

        맨체스터 메트로폴리탄 대학에서 시 문학 강의 시작. 현재까
        지 메트로폴리탄 대학교 현대시 교수 및 창작교실 주임교수
        로 재직 중.

1999   왕립문학협회 회원으로 선출됨.

        동시집『한밤과의 만남*Meeting Midnight*』 출간.

        시집『세상의 아내*The World's Wife*』 출간.

2000   동시집『세계에서 가장 나이 든 소녀*The Oldest Girl in the World*』
        출간.

2001   기사 작위를 받음.

2002   여성의 경험에 대한 찬사를 담은 시집 『여성의 복음서*Feminine Gospels*』 출간.

　　　　동화책 『물속의 농장*Underwater Farmyard*』 『우적우적 여왕과 야금야금 여왕*Queen Munch and Queen Nibble*』 출간.

2005   시집 『황홀*Rapture*』 출간, T. S. 엘리엇 상 수상.

　　　　그림책 『달 동물원*Moon Zoo*』 출간.

2007   동화책 『눈물 도둑*The Tear Thief*』 출간.

2009   1668년 시작된 350여 년 영국 계관시인 역사상, 첫 여성 계관시인으로 임명됨. 여성, 성소수자, 스코틀랜드인 시인 캐럴 앤 더피가 계관시인으로 임명된 것은 그 자체로 고무적인 사건이었음.

　　　　동시집 『새로 엄선된 어린이를 위한 시*New & Collected Poems for Children*』 출간.

　　　　동화책 『공주의 담요*The Princess's Blankets*』 출간.

　　　　헤리엇와트 대학교에서 명예박사 학위를 받음.

2011   그림책 『크리스마스 휴전*The Christmas Truce*』 출간.

　　　　시집 『벌*The Bees*』 출간, 코스타 도서상(시 부문) 수상.

2012   엘리자베스 여왕 즉위 60주년을 기념하기 위해 60명의 시인들이 여왕 재위 60년 중 한 해씩을 맡아 집필한 60편의 시가 담긴 『주빌리 시구절, 60*Jubilee Lines, 60*』 편집.

　　　　펜/핀터 상 수상.

2015   영국학술원의 명예회원으로 선출됨.

2018   시집 『성실*Sincerity*』 출간.

2019   10년의 재임 기간을 마치고 영국 계관시인 직위에서 퇴임.

기획의 말

세계문학과 한국문학 간에 혈맥이 뚫려, 세계-한국문학의 공진화가 개시되기를

  21세기 한국에서 '세계문학'을 읽는다는 것은 무엇을 뜻하는 가? 자국문학 따로 있고 그 울타리 바깥에 세계문학이 따로 있 다는 말인가? 이제 한국문학은 주변문학이 아니며 개별문학만도 아니다. 김윤식·김현의『한국문학사』(1973)가 두 개의 서문을 통 해서 "한국문학은 주변문학을 벗어나야 한다"와 "한국문학은 개 별문학이다"라는 두 개의 명제를 내세웠을 때, 한국문학은 아직 주변문학이었다. 한데 그 이후에도 여전히 한국문학은 주변문학 이었다. 왜냐하면 "한국문학은 이식문학이다"라는 옛 평론가의 망령이 여전히 우리의 의식을 장악하고 있었기 때문이다. 그렇게 생각하고 그렇게 읽고, 써온 것이었다. 그리고 얼마간 그런 생각 에 진실이 포함되어 있는 것도 사실이었다. 그러나 천천히, 그것 도 아주 천천히, 경제성장이나 한류보다는 훨씬 느리게, 한국문학 은 자신의 '자주성'을 세계에 알리며 그 존재를 세계지도의 표면 위에 부조시키고 있었다. 그런 와중에 반대 방향에서 전혀 다른 기운이 일어나 막 세계의 대양에 돛을 띄운 한국문학에 위협적인 격랑을 밀어붙이고 있었다. 20세기 말부터 본격화된 '세계화'의 바람은 이제 경제적 재화뿐만이 아니라 어떤 나라의 문화물도 국가 단위로만 존재할 수 없게 하였던 것이니, 한국문학 역시 세계문학의 한 단위라는 위상을 요구받게 되었던 것이다.

그러니 21세기 한국에서 세계문학을 읽는다는 것은 진정 무엇을 뜻하는가? 무엇보다도 세계문학이라는 개념을 돌이켜 볼 때가 되었다. 그동안 세계문학은 '보편문학'의 지위를 누려왔다. 즉 세계문학은 따라야 할 모범이고 존중해야 할 권위이며 자국문학이 복종해야 할 상급 문학이었다. 그리고 보편문학으로서의 세계문학의 반열에 올라간 작품들은 18세기 이래 강대국의 지위를 누려온 국가의 범위 안에서 설정되기가 일쑤였다. 이렇게 해서 세계 각국의 저마다의 문학은 몇몇 소수의 힘 있는 문학들의 영향 속에서 후자들을 추종하는 자세로 모가지를 드리워왔던 것이다. 이제 세계문학에게 본래의 이름을 돌려줄 때가 되었다. 즉 세계문학은 보편문학이 아니라 세계인 모두가 향유할 수 있도록 전 세계 방방곡곡에서 씌어져서 지구적 규모의 연락망을 통해 배달되는 지구상의 모든 문학이라고 재정의할 때가 되었다. 이러한 재정의에는 오로지 질적 의미의 삭제와 수량적 중성화만 있는 게 아니다. 모든 현상학적 환원에는 그 안에 진정한 가치를 향해 나아가고자 하는 지향성이 움직이고 있다. 20세기 막바지에 불어닥친 세계화 토네이도가 애초에는 신자유주의적 탐욕 속에서 소수의 대국 기업에 의해 주도되었으나 격심한 우여곡절을 겪으며 국가 간 위계질서를 무너뜨리는 평등한 교류로서의 대안-세계화의 청사진을 세계인의 마음속에 심게 하였듯이, 오늘날 모든 자국문학이 세계문학의 단위로 재편되는 추세가 보편문학의 성채도 덩

달아 허물게 되어, 지구상의 모든 문학들이 공평의 체 위에서 토닥거리는 게 마땅하다는 인식이 일상화까지는 아니더라도 최소한 정당화되고 잠재적으로 전망되는 여건을 만들어내게 되었던 것이다.

또한 종래 세계문학의 보편문학적 지위는 공간적 한계만을 야기했던 게 아니다. 그 보편문학이 말 그대로 보편성을 확보했다기보다는 실상 협소한 문학적 기준에 근거한 한정된 작품 집합에 머무르기 일쑤였다. 게다가, 문학의 진정한 교류가 마음의 감동에서 움트는 것일진대, 언어의 상이성은 그런 꿈을 자주 흐려왔으니, 조급한 마음은 그런 어둠 사이에 상업성과 말초적 자극성이라는 아편을 주입하여 교류를 인공적으로 촉진시키곤 하였다. 이제 우리는 그런 편법과 왜곡을 막기 위해서, 활짝 개방된 문학적 관점을 도입하여, 지금까지 외면당하거나 이런저런 이유로 파묻혀 있던 숨은 걸작들을 발굴하여 널리 알리고 저마다의 문학을 저마다의 방식으로 감상할 수 있는 음미의 물관을 제공해야 할 것이다. 실로 그런 취지에서 보자면 우리는 한국에 미만한 수많은 세계문학전집 시리즈들이 과거의 세계문학장을 너무나 큰 어둠으로 가려오고 있었다는 것을 절감한다.

이와 같은 인식하에 '대산세계문학총서'의 방향은 다음으로 모인다. 첫째, '대산세계문학총서'의 기준은 작품의 고전적 가치이다. 그러나 설명이 필요하다. 이 고전은 지금까지 고전으로 인정된 것들에 갇히지 않는다. 우리가 생각하는 고전성은 추상적으로는 '높은 문학성'을 가리킬 터이지만, 이 문학성이란 이미 확정된 규칙들에 근거한 문학성(그런 문학성은 실상 존재하지 않거니와)이 아니라, 오로지 저만의 고유한 구조를 통해 조직되는데 희한하게도 독자들의 저마다의 수용 기관과 연결되는 소통로의 접속 단자가 풍요롭고, 그 전류가 진해서, 세계의 가장 많은 인구의 감성을 열고 지성을 드높일 잠재적 역능이 알차게 채워진 작품의 성질을 가리킨다. 이러한 기준은 결국 작품의 문학성이 작품이나 작가에 의해 혹은 독자에 의해 일방적으로 결정되는 것이 아니라, 세 주체의 협력에 의해 형성되며 동시에 그 형성을 통해서 작품을 개방하고 작가의 다음 운동을 북돋거나 작가를 재인식시키며, 독자의 감수성을 일깨워 그의 내부에 읽기로부터 쓰기로의 순환이 유장하도록 자극하는 운동을 낳는다는 점을 환기시키고 또한 그런 작품에 대한 분별을 요구한다.

이 첫번째 기준으로부터 두 가지 기준이 덧붙여 결정된다.

둘째, '대산세계문학총서'는 발굴하고 발견한다. 모르거나 잊힌 것을 발굴하여 문학의 두께를 두텁게 하고, 당대의 유행을 따라가기보다는 또한 단순히 미래를 예측하기보다는 차라리 인류의 미래를 공진화적으로 개방할 수 있는 작품을 발견하여 문학의 영역을 확장할 것을 목표로 한다. 이는 또한 공동선의 실현과 심미안의 집단적 수준의 진화에 맞추어 작품을 선별한다는 것을 뜻한다.

셋째, '대산세계문학총서'가 지구상의 그리고 고금의 모든 문학 작품들에게 열려 있다면, 그리고 이 열림이 지금까지의 기술 그대로 그 고유성을 제대로 활성화시키는 방식으로 진행되는 것이라면, 이는 궁극적으로 '가장 지역적인 문학이 가장 세계적인 문학'이라는 이상적 호환성을 추구한다는 것을 가리킨다. 이는 또한

'대산세계문학총서'의 피드백에도 그대로 적용될 것이다. 즉 '대산세계문학총서'의 개개 작품들은 한국의 독자들에게 가장 고유한 방식으로 향유될 터이고, 그럴 때에 그 작품의 세계성이 가장 활발하게 현상되고 작용할 것이다.

이러한 기준들을 열린 자세와 꼼꼼한 태도로 섬세히 원용함으로써 우리는 '대산세계문학총서'가 그 발굴과 발견을 통해 세계문학의 영역을 두텁고 넓게 하는 과정 그 자체로서 한국 독자들의 문학적 안목과 감수성을 신장시키는 데 기여할 것을 기대하며, 재차 그러한 과정이 한국문학의 체내에 수혈되어 한국문학의 도약이 곧바로 세계문학의 진화로 이어지게끔 하기를 희망한다. 이는 우리가 '대산세계문학총서'를 21세기의 한국사회에서 수행하는 근본적인 소이이다. 독자들의 뜨거운 호응을 바라마지않는다.

'대산세계문학총서' 기획위원회

대산세계문학총서